花开的声音

董　洋／著

山西出版传媒集团　北岳文艺出版社

·太原·

图书在版编目（CIP）数据

花开的声音／董洋著. -- 太原：北岳文艺出版社，
2025.2. --ISBN 978-7-5378-7054-2

Ⅰ.I267

中国国家版本馆 CIP 数据核字第 2025K2T821 号

花开的声音
HUA KAI DE SHENGYIN

董 洋 ◎ 著

出版发行：山西出版传媒集团·北岳文艺出版社

项目统筹

刘文飞

地址：山西省太原市并州南路 57 号　邮编：030012

电话：0351-5628696（发行部）　 0351-5628688（总编室）

传真：0351-5628680

经销商：新华书店

责任编辑

武慧敏

印刷装订：四川科德彩色数码科技有限公司

成品尺寸：145 mm×210 mm

装帧设计

书香力扬

字数：216 千

印张：9.25

版次：2025 年 2 月第 1 版

印次：2025 年 2 月四川第 1 次印刷

印装监制

郭 勇

书号：ISBN 978-7-5378-7054-2

定价：58.00 元

董洋八个月留念

董洋一周岁九个月留念

董洋三周岁留念

董洋六周岁留念 董洋十周岁留念

2022年9月，董洋于威海市乳山市（山东外事职业大学）银滩留念

序一

魏然森

　　董洋是好友董琦的爱女，我在沂水县诸葛镇挂职副镇长体验生活时，她还是诸葛镇中心小学的学生。一晃十余年过去了，她不仅长成了亭亭玉立的大姑娘，上了大学，还写了这本《花开的声音》，实在令人惊喜，也令人刮目相看。

　　《花开的声音》是董洋第一部作品集，收进集子里的文章，有一些是董洋上初中时所写，大多则是她上大学以后创作的。她的文章，表达生动，才情奔涌，俏皮幽默，让人想到了暖人的春风、清澈的山泉、初绽的花蕾、翩翩的蝴蝶……这是她的天赋展露，更是她的功夫所在。

　　这本集子十多万字，董洋用一颗真诚的心记录了自己的成长历程，反观了自己的人生变化，梳理了自己的观察思考，表达了自己的善恶观点……容量不是很大，但分量却很足。

　　当今时代，少年成名的孩子不在少数，尤其近几十年来，上中学时便在文坛上声名鹊起的青少年作家如雨后春笋。董洋很小就开始写作，虽然没有那些出名者的影响大，也未受过名家高人的赞誉，但以我个人的看法，她的作品与同龄作家的作品比起来，并不逊色。她只是没在大刊名刊上发表文章，她只是缺少集体力量的推举。否则，她可能早就作品海海、闻名天下了。

收进这部集子中的作品，多数是日记，也有散文、小说、诗歌、童话，有一些还像剧本。不管体裁是什么，都能看得出她早已练足了脚力，都能看得出她有良好的家教，读了很多的书，积累了丰富的知识。她的爸爸妈妈都是教师，尤其是她的爸爸董琦先生，也是一位作家，虽然发表的作品不多，人也名不见经传，但其人品、文品都值得称道。董洋在文章中说："爸妈是我的良师益友。他们不但照顾我的生活，还教我做人的道理，带我体验不同的生活，鼓励我发表自己的观点。同时他们也很幽默，时常跟我开玩笑。我的良好性格的养成，多半也与他们有关。"确实如此，尤其在阅读方面，她的爸妈对她影响很大。董洋从上小学四五年级开始，每天在完成老师布置的作业之余，还阅读文学、历史和哲学方面的作品。而且她读书不是囫囵吞枣，不是走马观花，是从思想和情感上理解要义，让名著的精华浸润她的心灵、浇灌她的心田，为她以后的文学创作开启了广纳春风的大门。

董洋是个喜欢观察、思考的孩子。从书中可以看出，不管走到哪里，不管看到什么，她都会以自己的新奇之心去观察、去思考，并从中找出与他人不同的感受，然后写成文章。花开了、雨来了、下雪了、开学了、考试了，甚至参加一场婚礼，路过一条小河，走上一条山路，来到新的学校，看到辽阔的大海，遇到新的同学，她都能写成文章。在读她的文章时，我也在暗暗思考，像她这么大的时候，我也和她一样有过许多的遇见，经历甚至比她还要丰富，为什么就没有写成文章呢？即便到了现在，我写日常生活的文章也鲜有佳作问世，是才华不够还是缺乏思想？抑或是没有新奇之心？与其相比，甚为汗颜。我在想，董洋之所以能够见什么就能写什么，大概是因为她写文章没有条条框框，也不按陈规旧俗出牌，不然怎会下笔如有神助？创新的基础是不受约束，她放得开，抓得准，所以写得出、写得多、写得好。

很多在文学道路上跋涉了一生的作家，坚持认为作家要靠深厚的阅历、广博的知识、超人的天赋，以及对事物的极度敏感和深刻理解来成就作品。而对许多青少年时期就崭露头角的"天才"，他们则觉得缺少岁月的磨炼，只是灵光闪现，不经过千锤百炼，很难创作成熟之作。这虽然有一定的合理性，甚至我也抱有类似观点，但我始终对青少年文学才俊抱有欣赏之情，也乐于为他们的成长助力。所谓后生可畏，才华和灵性与年龄无关，与阅历和知识也不一定成正比。尤其是新时代的孩子，他们见多识广、思想多元、才思敏捷、想象力丰富，真不是我等单靠所谓阅历和学识就能取胜的。

作为董洋的长辈，我不想再过多地夸赞她的才华和成绩，毕竟她在文学道路上还有很长的路要走，离成功还有些许距离，夸多了就有些虚假了。我只想说，读她的作品，让我看到了一个灵巧智慧的董洋、一个闪闪发光的董洋、一个健康向上的董洋。愿她一直这样走下去，活出精彩，正如别人对她的评价那样："像一轮太阳，永远让周围的人快乐、温暖。"同时也希望她用自己的睿智成就自己的灿烂人生，用自己的智慧去拥抱快乐幸福的岁月海洋。

是为序！

2024 年 4 月 17 日于香椿书院

魏然森，中国作家协会会员，山东省作家协会全委会委员，临沂市作家协会副主席，临沂大学文学院特聘教授，国家一级作家。

序二　我眼中的女儿

董　琦

女儿出生于 2003 年 9 月 24 日，羊年农历八月二十八。

我和妻子都出身于农民家庭。与同龄人比，我属于晚婚晚育的。孩子出生时，正是乡村教师最艰苦的年代。所以，女儿的诞生地也选在了乡镇卫生院。在简易的乡镇医院产房里，作为丈夫，我见证了妻子生产遭受痛苦的全过程；作为父亲，我亲历了一个生命的诞生、一个至亲家庭成员到来的点点滴滴。说心里话，女儿的出生，并没有像文学作品描述的那样，给我带来多少激动。一方面，因为这些场景早已在心理预期中演练过无数次，好像是自然而然、顺理成章的事；另一方面，孩子一出世，作为父亲就多了一份责任。

女儿并不是哭着来到这个世界的，这一点我清楚地记得。原谅我没有第一时间顾及妻子产后的辛苦，而是认真地看着医生手里的孩子，看着医生剪断她的脐带，轻轻地把她放在电子秤的托盘上，报出了六斤七两的数字后，又把她放到了一边的床上。我端详着那弱小得让人怜惜的婴儿，她正眯着眼睛，攥着小手，静静地、出神地看着这陌生的世界，一点声响和反应都没有。我有

序

点忐忑地询问医生，是不是孩子不太健康。医生却是一副波澜不惊的样子，抓着女儿的两只小脚，倒提着，轻拍了一下孩子的屁股，女儿发出了一声微弱的啼哭，这才让人放下心了。也许，孩子有着坚强的性格，有着很强的适应能力；也许是孩子早产，弱到连啼哭的能力都没有；也许是她对新的环境充满好奇，只顾着观察，还没来得及哭吧。

孩子出生当天，我们便回到了家中。在孩子的喂养上，初为人父母的我们，都没有什么经验，以为母乳喂养是最好的，便没有刻意准备。没想到，不知是孩子力气小，还是因为乳汁少，总之孩子吸不到足够的乳汁，只是哭。心疼之余，只好为她冲泡一些廉价的奶粉。

女儿是父母手心里的宝。一出生我就给她起好了名字，单字"洋"，羊年出生，取"三羊开泰"之意，愿她一生吉祥如意。出了产期，我们夫妻都要上班。母亲早已过世，在女儿的看护上，姐和嫂都有家庭所累，不可能出长工。岳母勉为其难地前来照看，也不是长久之计。所以，挨到两岁左右的时候，便求了一圈领导，被特殊照顾，把她送到了我工作的学校刚组建的幼儿园。孩子的第一位老师是武兴芳，温柔、善良，富有耐心，受累照看孩子，这个情分我一直记着。

幼儿园与妻子供职的小学在同一个院子里。妻子在课间都要去看看孩子。妻子向我描述过一个画面，至今清晰地印在我的脑海中，想起来还满是心酸：每次去看，女儿大都保持着送去时大人安排她坐在凳子上的样子，不哭也不闹，仿佛与环境、同伴不在同一个时空一样，显得格格不入，令人心疼。

女儿文静。就像她刚出生时那样，不管面对怎样的境遇，都是那么不慌不忙，不惊不恐；稍大点，也不像其他孩子那样，喜欢跑、喜欢跳、喜欢闹。比如，给她买的滑板车，被别的孩子玩坏了，她也不动一动；稍大点，给她买了自行车、轮滑鞋子等，她都不玩，甚至给她报的舞蹈班她也没学到几个像样的动作。有时候想，女孩子文静了好，"大家闺秀"一样，不惹事。但现在看来，也有坏处，比如，身体缺乏锻炼，灵活协调能力不足，耐力差等。在幼儿园，其他的孩子已经学会用笔，能熟练画画、写字了，女儿却还在"神游"，就是不写不画。为此，到了小学，妻子就主动去教女儿所在的班级，手把手教会她拿笔、写字，一直到她小学毕业。一方面是她性格文静，不好动；另一方面，是由于我们教育方式不当，没有认真教育，以至于她现在写字又慢又丑，而且学习不够主动，生活也不够自理、自立。反思一下，做父母的，从小为她做得太多，是一大教育误区。好在成年后的女儿，在学习任务繁重的情况下，还积极参加学校运动会，坚持跳绳锻炼等，身体素质并不差，其他方面也一直在进步。

女儿善良。人都说，三岁看大，七岁看老。女儿心地善良，从小就能看出来。小的时候，妻子教她读"一片冰心在玉壶"诗句时，她会可怜人家被冻成冰了；在幼儿园里，同班的孩子把垃圾塞到她的桌洞里，把她的彩笔用完、转笔刀用坏，她都不抗争；在家里，也从来不吵闹着要吃什么喝什么，要玩什么。有次，我带她参加一个宴会，有人在拆酒包装时，把里面赠送的一个玩具随手给了女儿，她非常喜欢。朋友的孩子李冠辰和她差不多大，也看中了那个玩具，也想要。女儿实在舍不得，就悄悄将玩具塞到我身旁。我知道她想让我帮她护住玩具，就配合地用腿压了压。可是，父女俩的这点"小聪明"，没有瞒过"敌人"的眼睛，那孩子就站在我身旁，一直哼哼着不走。实在"装"不下去了，我只好像刚弄明白事情一样，将玩具拿出来送给了他。女儿眼巴巴地望着自己心爱的玩具被自己信任的父亲送给了他人，竟然一点难过也没有。上大学后，她借给同学的钱，也不急着要。凡此种种，在大人眼里，不过是哈哈一笑的事，但却给女儿造成了心理负担，好在这些是她人生路上的必修之课。善良表现在学习上，就是安于现状，不争强好胜。从上高中开始，女儿的成绩就不尽如人意，为此没少受我们的苛责，甚至动手。妻子一直信奉"人善被人欺"的道理，常教导她要以直报怨，凡事不要吃亏，对此，我没少反驳，没少争执，相信女儿长大懂事后，会有自己的价值判断，有自己做人做事的尺度。

女儿乐观开朗，情感丰富，对未来充满信心。作为00后，而且是独生女，我们体谅到她的不易，在家里没有兄弟姐妹可以互相学习、交流；面对升学和就业的压力，在学校里只会埋头苦读。所以，在情感上，他们是孤独的，且缺乏与人相处的锻炼，这是每个做父母的牵挂。好在，女儿并不是那种读死书的孩子。上小学初学写作文时，教她语文的于劲松老师说，其他同学都按照于老师的引导思路写，作文大都像他写的下水文，而女儿几乎没受一点儿影响。上中学时，她经常看闲书、写日记，高考失利、复读后又考入山东外事职业大学，她都没有哭鼻子抹眼泪，没有自怨自艾。到了大学，她有更多的时间可以自由支配了，喜欢看动画，甚至还买了不少书中的卡通人物，也写了不少天马行空的文字。我们不知道褒还是贬，学业为重、就业为主的思想占了上风，免不了苦口婆心地数落或斥责。对此，她都满口应承，并且给我们画了许多美好的"大饼"。对她来说，大事小事正如歌中所说，"天空飘来五个字儿，那都不是事儿，是事儿也就烦一会儿，一会儿就完事儿"。作为父母的"小棉袄"，她倒是挺称职的，远在威海，也经常与我们保持微信联系，天冷了嘱咐我们穿暖一些，嘱咐妻子别跟不学习的孩子生气等。一句句暖心的话，也许不会感动好久，但确实值得品味半天。

现在想来，从孩子出生到成长，我们亏欠她许多。比如，没让她品尝到母乳的味道，没有让她学会"爬"就学会了走路，没有让她学会主动、有效学习，就让她稀里糊涂地进了大学等。为此，每次学习"不利"而严厉苛责后，我们总是"自我否定"一番。而且，有些缺失，是永远弥补不了的，留下的只有遗憾。好在女儿越来越懂事，对自己的人生有所规划，并愿意为此付出努力。在竞争越来越残酷的社会中，希望未来的女儿，有健康的身体，有良好的心态，学业有成，学成有业，少些荆棘坎坷，多一些幸福快乐。

女儿不喜打扮，不喜化妆，也从不挑穿，甚至不会自己买衣服，传承了我们一家农民的朴实。在外人眼里，女儿也许不漂亮，也许有这样那样的缺点，但在父母眼中，她永远是最美的、最亲的、最值得爱的。记得幼儿园的老师告诉我们，说县局里的某位领导到园里督导，一眼看到白净圆润的女儿就夸，这是谁家的孩子，就像洋娃娃一样漂亮。其后，女儿考过了钢琴十级，发表了几篇习作，考过了英语四级、六级……她成长中的每一点进步，受到的每一次夸奖，做父母的都会高兴不已。最高兴的是，女儿喜欢文字，写了不少东西，小学、初中、高中时的日记、作文大都散佚，只有摘录到我博客中的部分留了下来。今天，把这些文字编辑成册，出版发行，以作纪念和鼓励，圆女儿一个梦，并借此感谢为孩子的成长付出心血的师友。

人们都说，现代社会充满竞争，在学校里靠的是智商，到社会上靠的是情商；还说，女儿随父亲的多。我倒不希望她像我一样，情商基本为零，不善交际，不喜逢迎，常得罪人而不自知，因此而错过好多机遇，甚至被人构陷。所以，我希望女儿好好锻炼提升自己的情商，在社会上不要吃太多的亏。

还想说的是，不管上了什么大学，那仅仅是学习和上进的地方；无论什么职业，仅仅是谋生和实现自己价值的舞台；无论走多久、多远，父母永远是孩子的依靠，家永远是孩子的港湾。哪怕将来我们到了天堂，都会关注着女儿，希望女儿平安、健康、快乐……

以文学批评者的眼光去看，这本书，也许并没有什么艺术价值，甚至会贻笑大方；但从提携褒奖或者分享交流的角度去审视，作为一位文学爱好者，书稿还是有些看点的；从一位父亲记录女儿成长中的平凡、平淡故事的角度去看，还是有些真实有趣的地方的。退而求之，以此来激励孩子，为她掀起一个开端吧。

岁月无痕，记录下来就有印；花开无声，用心倾听就是天籁；文字无情，阅读交流中会产生温度……

董琦，中学高级教师，临沂市非物质文化遗产代表性传承人。

花开的声音

目录
CONTENTS

花开的声音

花
开
的
声
音

第一章

父亲讲我的故事

人说，

父爱如山，

谁又能对它的含义

有真切的体验？

我的童年，

父亲记的那些瞬间

讲给我听，

写给我看，

就有沉重的父爱

蕴藏在里面。

虚惊一场

"丢女儿"的滋味永远难忘！

那天镇上逢集，又是周日，我们三口骑车去赶集，买菜、散心，顺带也让女儿开开眼界。

来到集上，想到女儿早饭没吃好，就买了一个热玉米给她吃。女儿吃得很有兴致，跟在我们两人身后，津津有味地啃着玉米。

今天赶集的人真多，我们边走边看摊位上的菜，一会儿讨价还价，一会儿挑菜，不亦乐乎。遇到一位刚研究生毕业的同事，聊了几句。女儿站在跟前，自顾自吃着，同事夸她，她也不理，真是越来越没有礼貌了。

和同事寒暄过后，继续逛街买菜，一时没留意女儿。走了几步，回头看女儿跟没跟上的时候，发现女儿不见了，四下看看，也没有她的影子。我急忙招呼正在买菜的妻子，妻子还以为我在开玩笑，没在意，女儿这么大了，还能跟丢了？我可急眼了，急忙回头沿着走过的路找，一直找了几条胡同，都没有。妻子也着急了，跟着找起来，询问了就近的摊主，有几个我们认识的，都说没注意到有小孩，我俩心里越发毛起来，决定分头找。

周日，赶集的同事很多，我们向他们打听，大家都说没有碰

花开的声音

到，这还了得！一转眼的工夫，一个小孩子不可能走远，刚刚还跟在身后呢！难道让人抱走了？电视上拐卖儿童的报道，网传的寻人启事，一股脑儿地出现在脑海中，耳朵里隐约听到小孩子的哭声，我更慌了，更毛了，汗也出来了。完了，这是让人家抱走了，可能用迷药迷晕了，所以小孩一点动静也没有。

又碰到一位同事，我也顾不上客套，上去就问看没看到孩子，同事竟然说，刚刚看到过，好像让一个人用自行车载着。虽然同事说他不是很确定那个小孩就是我女儿，但是完了，彻底完了，我断定孩子真的被人拐卖了，这集上真有吃这碗饭的？这可怎么办？报警吗？这么短时间，确定不了的事怎么报警？自己找吗？集上这么多人，我和妻子怎么找？往哪个方向找？我俩就像无头的苍蝇，在集上乱窜，遇见熟人就问。脑子里在想：孩子会被拐到哪里？这么小，会碰到什么事？受多少苦？

心里乱糟糟的，急忙再打电话给提供这一信息的同事，没人接电话。再拨，再拨……过了一会儿，同事才回过来，原来集市上人太多，声音嘈杂，没有听到手机响。我火急火燎地求援，孩子可能被拐了，请他帮忙找一找。同事也蒙了，问我孩子是不是穿白袄，我说是红色的，同事忙说，那认错人了。这说明什么？孩子没被人用自行车带走，我好像松了一口气。

整个集市都找遍了，还是没有找到女儿，一种莫名的、更大的恐慌压着我们。正在我们一筹莫展的时候，另一个同事打来电话说，女儿在新新娘影楼门口，在我们存放摩托车的地方等着呢。谢天谢地，一场虚惊，这么短的工夫，女儿怎么走这么远？

原来，女儿跟丢了我们，以为我们去了水果摊，去了没找到，就自己回到我们托管摩托车的地方"守株待兔"呢！我的乖乖！真是虚惊一场！

女儿趣事

（一）有洞的鸡蛋

"这些鸡蛋怎么都有个小洞？"妻子端起盛鸡蛋的筐箩，一边仔细看着手中的鸡蛋，一边奇怪地问，"不是你打的？"

"我就算再无聊，也不会打鸡蛋玩吧！"我接过鸡蛋，发现有几个鸡蛋，每个上面都有一个洞，很小，小到不至于让蛋液流出。

这是咋回事？不会是老鼠咬的吧？妻子喜欢养鸡，我们的住房，是学校原来的两间房改装的。我们就在山墙处的空地上，垒了一个鸡舍，又拉了尼龙绳网，养了几只母鸡，这样每天都能吃上一两个笨鸡蛋，生活还是很"田园"的。但是养鸡容易引来老鼠。

悬案未破，一直存在心里，膈应人。吃饭时，妻子看了看女儿，问："洋洋，你知道咱们家的鸡蛋，为什么有个洞吗？"

女儿愕然地抬头，看了看妻子，又看了看我，一副心里有话又不敢说的样子。我一看，心中恍然，这是马上就要找到答案的节奏啊！

"不用怕，有话说就是。"我鼓励她。

"是我打的！"女儿直接承认了。

"怪不得呢！我还纳闷，怎么好几个鸡蛋都有洞？"妻子也放下心了，要不还以为家里有间谍，要用毒搞谋杀呢！

"那你为什么把鸡蛋都打一个洞？"我好奇地问。

女儿见我们并没有责怪她，就大胆地解密了："我想看看里面有没有小鸡！"

这是好事啊！我心里一喜。这说明女儿有好奇心，还喜欢思考和探索，是应该鼓励的。

于是，我不但表扬了她，还给她科普了一下孵小鸡的相关知识。当然，"先有鸡还是先有蛋"的哲学问题，我理智地选择了回避。

（二）你敞开我看看

女儿从小就实诚，以下面的例子为证。

邻居家的女主人怀孕了，肚子一天比一天大。

一天，她和我的妻子、女儿在大街上相遇，便聊起了家常。

"孩子，你看看阿姨肚子里是个弟弟还是妹妹？"邻居家的女主人逗女儿。

据说，小孩子能猜出孕妇生男孩还是生女孩。其实，这是概率问题，这个说法并不科学，有迷信的成分。

她这样问，也并不是真的想靠女儿来判断自己肚子里的孩子是男是女，只是随便聊聊。站在成年人的立场上想，要么顺着大多数人喜欢男孩的意愿说，博得个皆大欢喜；要么随口说个答案，交差了事。可女儿端详了对方肚子一阵子，冒出一句令人啼笑皆非的话："你敞开我看看！"其认真状，令大家捧腹大笑。

直到现在，女儿也是直来直去，不会拐弯，不喜弄虚作假，不善逢迎。

（三）"败家女"

某日，女儿从幼儿园回来，带回来几支没尖的铅笔。

"妈妈，我的同学要削铅笔。"

"怎么让你削？"

"咱不是有转笔刀吗！"

"你同学怎么知道咱有转笔刀？"转笔刀花了二十元买的，没舍得让她拿到学校，一怕弄坏了，二怕她把转笔刀当玩具玩儿。女儿一直没有学会听课、学习，一点小东西都能玩半天，不能养成这习惯。

"我不知道他们怎么知道咱家有转笔刀！"不知道就不知道吧，懂得帮助人是好事。

女儿五岁半了，有些事做得让我们不知是褒还是贬。

家里来客人了，她有什么好玩儿的、好吃的，一股脑儿地往外搬，可大方了，她怎么就不知道做父母的"心疼"呢？

最难以容忍的是，刚给她买的彩笔，拿到学校没多久，就没剩几支了，千叮咛万嘱咐，好不容易第二天要回来些，缺一支就缺一支吧，也算松了口气。谁承想，放假时彩笔盒里仅剩三两支了。问及，答曰："某个小朋友没有彩笔了，我把笔借给他了。"

这"败家子"，你爹妈可是工薪族，你怎么拿爹妈的钱送人呢？这还了得！一顿苛责，甚至惩罚，她哭着说："开学时，我

006

再要回来行吧?"

不行也行吧，开学时，恐怕早没影了! 真是让人哭笑不得。哈哈，其实反过来一想，她还挺乐于助人的。

（四）长大了当什么

"你长大了想当什么?"

"我什么也不想当。"

"哪有什么也不想当的? 人得有理想啊!"

"除了当医生，我什么也不想当。"

"为什么当医生?"

"因为医生能治病。"

"你原先不是说要当宇航员吗?"

"我又不想当了。"

"当运动员，拿金牌不好吗?"

"不好!"

"当教师呢?"

"我不当教师!"

"为什么?"

"因为老师只让小朋友看一霎（方言，一会儿）电视!"

……

（五）可怜他

放假了，没有工作的压力，就三口人吃饭，我们总要赖床到日上三竿。

有时候醒了，妻子就在被窝里教女儿背古诗、读故事，或者放《一千零一夜》《安徒生童话》《白雪公主》等有声故事、广播剧等。

还别说，虽然女儿到现在不会写几个字，一让她动笔，就愁得要命，但对这些故事很感兴趣。有些故事听多了，竟自己能讲下来，一首古诗听几遍就能背诵，看样子不傻啊！

有天早晨，娘儿俩正在读王昌龄的《芙蓉楼送辛渐》。刚读了一两遍，女儿就抽抽搭搭起来了，怎么了？我和妻子都纳闷，好好的，哭什么？开始以为闹着玩呢，仔细一看，还真流泪了。

女儿说："我可怜他……"

我松了一口气："你可怜谁？"

"那个人……"

"哪个人？他怎么了？"

"他被冻成冰了……"

我的天哪，都是"洛阳亲友如相问，一片冰心在玉壶"给闹的。女儿还真会"造作"，哈哈！

女儿听《卖火柴的小女孩》的故事，冒出了许多有趣的问题。

女儿："爸爸，你是不是也要让我去卖火柴？"

爸爸："哈哈，嗯，必须得卖，不劳动没饭吃。"

女儿："我不。你让我卖，我就把火柴都扔在街上。"

女儿："我恨那老板。"

爸爸："为什么？"

女儿："他让小小女孩卖火柴。"

爸爸："不卖火柴挣不来饭。"

女儿："她太可怜了。她怎么不去其他人家里暖和一下？"

爸爸："其他人的房子不让她进去。"

女儿："那咱让她进来吧？"

爸爸："你让她进来？"

女儿："让她进，她太可怜了。"

女儿听《半夜鸡叫》。

问："爸爸，你当过长工吗？"

答："当过，我小的时候没饭吃，就去给人家当长工。"

问："妈妈，你当过长工吗？"

答："没有，我们这一代没有长工了。"

问："你怎么和爸爸不一样？你哪儿来的饭吃？"

……

（六）变轻一点

在没有现在的家用车之前，家里穷，只有一辆破摩托，平时载着女儿兜风，女儿也很快乐。

破车有破车的好处，走到哪儿随便一放，爱干啥干啥，不怕人偷。女儿对这破车，却是"情有独钟"，每到一个地方，不一会儿，她就不放心地问及摩托车。我就故意说，让人偷了，不要了，人家都有车了，咱也买四个轮子的车。女儿不依，闹着要我找。看样子，孩子还没有学会嫌贫爱富、见异思迁，还没有学会攀比。

有一次，我骑车载着女儿爬一个大坡。车子老了，速度提不上来，突然感觉到女儿在身后推我，还累得大喘气。

"你干什么？"我好奇地问。

"我帮你！"哈哈，我恍然大悟，这傻女儿。

又想起傻女儿做过的一件傻事。

有次去爬山，女儿累了，想让我背，我故意说："孩子，爸爸年纪大了，你长高了，我背不动了，怎么办？"话虽这样说，还是蹲下身背起了爱女。

女儿很高兴，趴在我背上说："那我就把自己变得轻一点。"我很纳闷："你怎么把自己变轻呢？"回头一看，女儿已经使劲把自己的身子蜷缩在我背上，并问我："轻了吗，爸爸？"

哈哈，原来女儿是这样把自己变轻的！

（七）愿望

妻子和女儿都起来了，我还在床上。

女儿突然对我说："××穿着一双红靴子！"

"红靴子怎么了？"我没明白。

"××也有一双。"

"你也想要是吧？"

"嗯。"小家伙会拐弯抹角了，还会做铺垫，"我喜欢红色。"

这么丁点儿的孩子就有了爱美之心，还学会了攀比，不得了，社会进步了。

"那我的皮鞋破了，我也想要新鞋子！"

"那给你买去！买双红色的吧！"女儿挺善良，会同情人。

"我不喜欢红色，那是女孩穿的！"

"我喜欢红色！"女儿还没忘记自己的愿望。

"那没钱怎么买？"女儿很乖，一般不会缠着要什么东西，属于占有欲不强的那种，很适合在沂蒙老区的教师家庭生活。所以，女儿的一些要求，只要不超过我们的消费水平，都会满足。

妻子说："我的女儿，将来你嫁出去，妈妈冷清怎么办？"

女儿："那你就跟着我去！"

妻子："你不结婚不行吗？"

女儿："不行！"

"那你跟谁结婚？"

"一个我不认识的小男孩！"

真是的，"女大不中留"！哈哈，这么小怎么就知道这么多事了？

天赋好奇

　　还记得有年冬天的一个早晨，四岁的女儿刚走出屋门，发现院里有许多冰块，就兴奋地叫了起来："哇，有冰！"说的还是普通话，语气也是模仿动画片里的人物的，边叫边跑过去拾起一块来。

　　妻子马上说："快放下，太凉了。"孩子猛地把冰扔在了地上，但又不忍离去，呆呆地看着那些冰，不动也没有出声。

　　"不要紧，你拿起来试试看。"我看到后，在一边鼓励女儿。孩子对冰并没有什么认识，头一回见到真正的冰，应该鼓励孩子去尝试。何况，孩子玩玩冰对身体健康并无大碍。

　　孩子马上喜形于色，蹲下身子拿一块冰在手。

　　"你感觉怎么样？"我接着就问。

　　"哇，好烫，好冷哦！"还是那种滑稽的腔调。

　　冰拿在手的感觉咱们都有概念，可孩子表述不准，把刺骨的凉说成"烫"，完全反了，这也在情理之中。

　　接着，在吃早饭时，我又不经意地逗女儿："你能说说刚才拿的冰是什么样子的吗？"

　　话音刚落，本来就对吃饭没兴趣的女儿，干脆不吃了，打开话匣，就刹不住了。

"是长方形的。"实际是不规则的，妻子在一旁马上提醒。

"是什么颜色的呢?"我又问。

"是白色的，就像玻璃一样。"实际是无色透明的，妻子又纠正了。

我有点不以为然，埋怨妻子总是拿成年人的思维与孩子较真儿，这些问题，只要孩子有心，养成观察的习惯，一懂事不就都弄懂了吗，还用老师和大人教吗?

接着女儿变被动为主动，问起我们来:"冰怎么不能盖房子?冰是怎样呼吸的?"第一个问题是接着"玻璃"来的，第二问就有点"跑题"了，但这也符合小孩的思维特点。

冰在北极也许能盖房子，我心里想，还没来得及说，妻子就不耐烦了，生气孩子不吃饭，快到上班时间了，于是没好气地回答:"冰又不是有生命的，不会呼吸。你快吃饭!"

我连忙说:"冰也会呼吸，它里面有许多空隙，空隙里就有空气，咱们看不见。"在孩子眼里，什么都是有生命的，我们应该保护孩子的想象力，不要打击他们。

对孩子的教育问题，妻子与我的分歧，其实是很普遍的，我俩代表着两种不同的价值理念和教育思维。这种分歧不光是在家庭中，学校里、社会上都存在。一些老师，想让学生掌握最准确的信息，为达目的，不惜打击学生强烈的好奇心，不惜束缚学生的发散思维，把学生强引到自己设计的轨道上来，没有尊重学生自己的意愿和成长规律。在成绩的压力下，紧抓住学生的一知半解不放，生怕学生掌握不好、考不好，便采取过激措施。其实，那些问题到了一定年龄，自然会懂。还常见某些家长怕孩子受伤，不准玩这玩那，甚至不准孩子出门;吃饭时唯恐吃不饱，缺营养，多大孩子了还要追着喂，变着法强迫孩子吃营养丰富的食品；甚至有些家长不喜欢小孩子到自己家玩，也不喜欢孩子到别人家玩，让孩子孤独地待在家里，看电视、写作业，无意中培养了孩子孤僻、任性、自私的性格。

实际上，孩子有孩子的天性和思维方式，大人们受功利和世俗的影响，常对孩子严格要求，拔高要求。你瞧，女儿多有好奇心，还会类比联想，还会发散思维，这些可贵的品质，不正是我们在课堂上找都找不到，培养都培养不起来的吗？我们怎么舍得扼杀呢？

女儿陪我上坟

六月初五，是我爷爷的忌日。在我们这里，每年都要用新打下来的小麦粉，包饺子祭奠亡灵，叫"麦季坟"。我虽是无神论者，但祖辈流传下来的风俗，是万万不能丢掉的。还有，借此怀念逝者，我觉得也未尝不可。所以，带上女儿，回老家看看，给老祖宗上坟。

天阴沉着，我的心情也异常沉重。母亲去世多年了，脑子里不断浮现过去的一些画面。我们没有骑车，苍山翠树，鸟啭鹰翔，我们爷儿仨（还有二哥家的侄子）边走边聊，心情很是沉重。

女儿不懂的事多了，骑在我脖子上，对我们此行充满好奇，一个劲地问个不停。

"爸爸，咱这是上哪儿？"

"给你老爷爷、老奶奶，还有奶奶上坟。"

"我奶奶住在哪里？"

"在很远的地方。"

"很远的地方是哪里？"

"是另一个世界，是天堂。"

"那他们怎么不回来？我想我奶奶，人家都有奶奶！"是啊，孩子出生时，母亲已去世一年多了。

"他们去了就不能回来了。"

"为什么?"

"因为,他们都年纪大了,不想再回来了。"

"那大人去了都不回来了吗?"

"是的。"孩子对生死没有概念,单纯得像一张白纸。

"那咱不去了吧? 爸爸,你别去了。"

"为什么?"

"妈妈还在家里,我不想你回不来! 咱们快点回去吧!"女儿真急了,用脚踢着我的胸膛。

"不要紧,我们只是找个地方看看他们,我们不去她住的地方,看完就回来,还给他们送好吃的。"女儿半信半疑,不吵闹,也不说话,乖巧得很!

我心里一阵热流,女儿经常说些令我感动的话,虽然至今还不会写字,也不爱学习。

山脚下,松柏掩映,几处坟茔,荒草萋萋。我们摆下贡品,女儿好奇地看着。

"孩子,你奶奶就住在这里。"

"那她原来住在哪里?"

"原来和我们住在一起呀。"

"我怎么没见过她?"

"去世的人,我们是看不见的。你不是看过她的照片吗?"

"那她为什么死?"

我认真地看了一眼女儿,没再回答。是呀,人难免一死,荒野青冢,谁也免不了。能留下的,要么是后代,是生命的延续;要么是成就,是价值的体现;也许还有……

"荆花"

周六带女儿回老家散心。快到目的地的时候，手机响了，熄火和同事聊了一会儿。再次发动车子时，感觉右侧有什么东西忽闪了一下，好像什么东西弹射出去了。

这地方有鸟窝，我急忙下车，向那丛密密的荆棘里一瞄，就发现了它。我小心翼翼地拨开几片荆叶，四只鸟蛋赫然躺在那编织精密的小巢穴里，灰色的外壳上有密密的淡纹，仿佛能看到蛋里的小生命。

女儿在一旁纳闷地看着我，不明白发生了什么事。等我招呼，女儿才好奇地凑上来。一看到鸟窝，她就兴奋地低呼："哇，鸟窝！"还没等换足气，紧接着又出来了："哇，四只鸟蛋！"女儿仔细地看着，数了一遍又一遍，像发现新大陆似的。但她并没有伸手，这让我很吃惊，她竟然没有像我们小时候，或者其他孩子那样，看着鸟蛋就有很强的占有欲或破坏欲。

我问女儿："咱把鸟蛋拿下来，回家给你玩吧？"

"不行！"女儿不假思索地回答。

"为什么不行？"

"因为拿走了鸟蛋，小鸟就没孩子了。"

"那咱们快走，鸟妈妈就在旁边看着呢！"

女儿听话地起身跟我走了。

刚下过雨，满眼葱茏，我贪婪地呼吸着新鲜的空气，顺着山路往上爬。没走几步，女儿就央求我回去，她还惦记着那鸟窝呢。

我答应了女儿，驱车回赶，在鸟窝旁停了下来。正要蹲下身子再看的时候，"扑棱"一声，一个小影子又射出来，贴地面一闪，像一朵黄花乍开，又凋落不见了。

女儿猝不及防，竟然一愣怔。这是鸟妈妈，第一次被我们惊走后，又回来了，直到我们又来，才离开自己的"岗位"。就像刚发现它时那样，我真不知道它是如何克制住自己的恐惧的。在逃走时，也是极力隐蔽飞行，要么贴地面钻入草丛，要么一闪飞进最近的树林里，也许在某个地方，紧张地注视着自己的孩子呢。

女儿看了一眼，就要走了，也许她也为再次惊扰正在孵育幼鸟的妈妈而不安，好像也被这小生灵的伟大母爱感动了。

我不知道这种鸟有没有学名，我倒希望它就叫"荆花"，生存在荆棘丛里的花，比什么名都贴切。

鸟儿在自由状态下，才最美丽；在危险时刻，母性才更显伟大，哪怕它是小得不起眼的鸟儿。

住在海边

对在山里长大的人来说，能到海边生活一段时间，是一件很奢侈的事儿。因为孩子的学校就在大海边，所以，这个愿望便不难实现了——每到暑假或法定节假日，我们都会在海边住一段时间。

住在海边，好久就想写一写，但脑袋里空空的，无从下笔，也许是熟悉到一定程度，就不自觉地过滤掉了好多值得写的东西了吧。

海边小镇的街道很干净，像进入了文学作品中描绘的情境里一样，好像没有被工业文明侵扰过。而且人们的生活节奏好像很慢，道路也不拥挤。加上空气是湿润的，仔细闻，会有淡淡的腥味、咸味，与内陆那种混合着汽车尾气、粉尘、嘈杂声音的空气截然不同。而且住的那几天，天大多是阴着的，没有太阳的炎烤，给人一种说不出的舒适感。

到海边走一走吧。沿着海岸线上新修的甬路徒步，踏着路上新铺的塑胶垫，走起来很惬意。极目远望，海天相接，恍惚中难以分辨；飞翔的海鸥、海燕，像天地间的精灵，鸣叫着，传递着快乐的信息。在那片礁石区域，有旅游凑热闹的人，有真正赶海的人，他们或成群结队或单独行走，不管有没有收获，都能找到属于自己的快乐。

到号称天下第一滩的银滩走一走吧。沙滩很干净，沿海岸线，走在干净的沙子上面，松松软软的，好不惬意。看人们嬉戏、在沙中淘瓜子贝；看穿着鲜艳服装的少女沐浴着海风舞蹈，和着那一波又一波海浪涌向岸边；看惟妙惟肖的沙画作品……

当然，还可以自驾游，沿海岸公路慢慢前行，可以看到云天、行道树、楼房，但那样就体会不到近距离接触大海的感受了。

海是神秘的，因为你看到的、听到的东西，不及它的千分之一、万分之一。你可以征服一座小山，看到它的全貌，喜欢它的花草树木，喜欢山里生存的野鸡、鸟儿，但你却无法一睹海的全貌，不能尽览海中奇奇妙妙的生物。海又是多变的，安静时，它轻轻地摇动身躯，用海水轻柔地冲洗着你的脚丫；狂怒时，掀起滔天巨浪，捶打着试图骑在它身上作威作福的一切，包括人类的战舰，还有在它身躯里不断攫取的渔船。白天，它非常慷慨，会主动退却，不断收缩防线，还把一些海洋生物放下，让赶海的人收获满满；可到了傍晚，它就进攻了，敲锣打鼓地一次次向岸边卷来，开始寸土必争了，吞没了好多陆地，当然也会大方地包容陆地上的一些肮脏。

那天，我们一家三口坐轮渡去刘公岛。山里长大的"旱鸭子"，初次登船，心里满是激动，还有些忐忑不安。那么大的船，在深不可测的海上航行，就像飘浮在空中的树叶，让人一点儿也不踏实。好在风并不大，波浪也很舒缓。看着船犁开的海面，看着船上空、船身后跟着争抢食物的海鸥，心里才稍微安定了些。人们争相购买船上的火腿肠，掰碎，向空中一抛，那只早就盯上

花开的声音

了火腿的海鸥，一个俯冲，恰到好处地张嘴接住，这份默契，好像是经过千百次的演练才做到的。有的火腿碎掉到甲板上，海鸥就没有胆子到船上吃了；有的火腿碎落到海水里，会被视力好的海鸥衔住；大都散落不见，也许变成了鱼儿们的美食了。我们事先准备了饼干，掰成小块，抛在船两侧，落到水里也不会沉，都变成了海鸥的粮食。听着它们开心的鸣叫，心里有种说不出的"赠人玫瑰"的满足。

两次住的房间，都在二十层以上。偌大的窗，面对着大海（可惜我南北大调向，一直感觉窗是向北的）。阴雨天，坐在床上，看海上阴云密布，近处迷蒙一片，一道闪电在海上翻滚，或者是在天上飘过，那炸雷好像山中的空灵；若是晴天，早晨睁开眼，能看到很远的海面上，有点点渔船浮在上面；近处露出一大片礁石滩，赶海的人们都在认真搜寻着什么。

除此之外，住在大海边，总是有种莫名的惆怅，似乎是看过一幅画，是单调的线条、黑白版的相片，又生出些许想家的感觉。人就是如此不知满足。

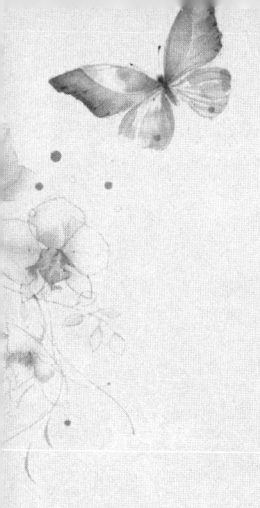

第二章

那年那月的记忆

中学时代，

恰人生美少年，

因为中考和高考，

被誉为，

黎明前的黑暗。

然而，

我却喜欢忙里偷闲，

记录下，

那些令我心动的

瞬间。

折断的翅膀

小时候，每到下雨的日子，我都会趴在窗户边上，望着窗户外面，不禁猜测：天上那么多雨娃娃，究竟是怎样产生的，怎么来到人间的呢，不会是嫦娥姐姐因为想念亲人而流下的伤心的泪吧？

小时候，听到大人弹钢琴，那美妙的旋律响起时，我总是望着那大大的钢琴，禁不住猜测：为什么用手一按，它会发出各种声响，汇聚成那么美妙的音乐呢？大概是里面住着一只会唱歌的小精灵吧。

小时候，看到黑黑的夜空里，闪烁着那么多星星，挂着明晃晃的圆月，总禁不住猜测：天上住着很多神仙吧，每家每户都挂着灯笼，最大最亮的月亮上面不只是住着嫦娥姐姐一个人吧？

渐渐地，我长大了，上学了。在学校里，我学到了很多知识，也读了很多的书。我终于明白，天上的雨是一种自然现象，钢琴是琴键触动弦响，地球和星星、月亮同属于宇宙的一部分……

原来，每个人在成长的过程中，都会被时光老人折断一对翅膀，一对能产生美好想象的翅膀。

我家的"空中花园"

爸爸是一个十分喜爱养花花草草的人。

他在阳台上养了许许多多的花草，把阳台装扮得像个大花园。

我家在三楼，从外面向里看，只见一片葱葱绿绿，所以我总是把我家的阳台趣称为"空中花园"。

春天，我家阳台上的迎春花开了。爸爸像过节一样高兴，整天围着那株小小的迎春花拍照。这是我家的迎春花开出的第一朵花。那朵花小小的，有五片黄色的花瓣，花瓣中包围着同样是黄色的花蕊。这真像国王在举行游行大典时，身边围着一群大臣。迎春花虽然不鲜艳，也不美丽，但它却给人们带来一个信息：冬天即将过去，春天就要来了。凝视着这朵迎春花，我仿佛已经感受到了春天的气息。是啊，也许明天，河边的柳树就要抽条了吧！

还有一株我叫不上名字的植物，有点像马虎爪。它的身世有点特殊，不是买的，而是爸爸从朋友家带来的。初来时一点根也没有，现在已经长得很旺盛了。它的样子像一朵荷花，只不过叶子尖上有些发紫，还有些细小的、不仔细看看不到的小绒毛。爸爸特意给它准备了一个华丽的住宅——一个小而精致的绿色的三

第二章 那年那月的记忆

025

角鼎，上面还有篆文呢！就像养一种很名贵的植物似的。我问爸爸："这是什么？"爸爸说他也不知道。后来上网一查，才知道是观音莲。

还有一棵榕树，是爸爸的宝贝。我记得有篇课文好像写过榕树，对了，就是《鸟的天堂》，是二年级学过的一篇文章。我家的这棵榕树和课文里的榕树差别太大了。我家的养在一个浅浅的椭圆形盆里，还不到50厘米高；课文里的榕树好大，都成了鸟的天堂了。我问爸爸："咱家的榕树能长得和《鸟的天堂》里的一样大吗？"爸爸说不能。我有点失望，如果这盆里的榕树也能长得那么高大，一定也会成为"鸟的天堂"，到时候，我干脆也写一篇《鸟的天堂》得了。

生活中不是缺少美，而是缺少发现美的眼睛。像我家的这些花草，就是一道很美丽的风景。因为爸爸热爱生活、热爱自然，有情趣，所以就能把我家的阳台变成"空中花园"。虽然没有多么名贵的花，但我很喜欢。

我的家乡

　　大自然是一个伟大的慈善家，它给予我的家乡生机勃勃的春天，绿树成荫的夏天，硕果累累的秋天，银装素裹的冬天……我爱我的家乡。

　　我的家乡在沂蒙山区。我的老家就在一个群山环抱的小村庄里。那里一年四季都有令人着迷的美丽景色。春天，万物复苏，整个大地就成了一幅画：远处重重叠叠的山，仿佛披上了五彩缤纷的外衣，既有桃花的粉红，又有梨花的雪白；既有松树的苍翠，又有杨柳的嫩绿。春天，是人们播种希望的季节，农民一开春就忙活开了。在果园里，在田野里，到处都有辛勤劳作的人们。

　　在老家的时候，我能与大自然亲密接触。姥爷家有一座大大的果园，姥爷就是靠这座果园来维持生活。每当农忙的时候，我和爸爸妈妈都会去帮姥爷打理果园。这时候，姥爷家的果园就成了我的乐园。果园在一片山坡上，附近有一条清澈的小溪。爸爸妈妈和姥爷姥姥在果园里干活的时候，我就在那条小溪附近自由自在地玩耍。那里有无限的乐趣：岸边有各种各样的五颜六色的野花，鸟儿站在高高的枝头上唱着动听的歌……我望着那些鸟儿，忽然起了捉住它们的心思。等我要靠近它们的时候，它们便

"哗"的一声，从枝头飞起，消失在远方，只留下我独自站在树下发愣。

小溪里还有许多泥鳅和小蝌蚪。有一次，我从姥爷家里偷偷地拿来一只白瓷碗，来到果园附近的小溪边，舀了一碗水，想要捉几只小蝌蚪，却怎么也捉不住，毕竟小蝌蚪游的速度太快了。我恼羞成怒，找来一根树枝，用力搅小溪里的泥沙，把大半条小溪都搅浑了才肯罢休。

傍晚的景色，是那么美丽。夕阳将要落下山去，但又迟迟不肯落下，好像在留恋这片碧蓝的天空。它把光辉泼洒在大地上，让一切都笼罩在一片朦胧的金色之中，仿佛给大地披上了一层金色的纱衣。金色的光芒照耀在小溪上，小溪变得波光粼粼。这时的果园，宛如仙境。

我的家乡是如此的美丽，我怎么能不爱它呢？爱它就经常回家乡走走，拥抱它吧！

童年时光

我的童年是在一个山清水秀的小村庄里度过的。那时，我们家家户户住的是低矮的小屋。现在，那些屋子早已被人们拆掉，取而代之的是一幢幢高大的楼房，我们一家也搬到了城里居住。而那段乡下的快乐时光，却是我记忆宝库中的璀璨明珠，令人难忘。

记得我们家有两间大瓦房，还有一座不大的院子。院子里有一片茂盛的竹子，院子外有两棵高大的杨树。在我五六岁时，家里曾养过许多兔子，既有白色的獭兔，又有灰色的肉兔，我经常给它们喂白菜叶吃。有一次，在喂兔子时，我分心了，手指被白兔咬了一口。看兔子吃东西，是我最大的乐趣。你看，它那长长的耳朵随着咀嚼轻轻地晃动着，可爱的三瓣嘴不停地蠕动，几下就把菜叶吃光了。后来，这些兔子长大了，爸爸就把它们卖了。我要求爸爸妈妈再养一些，可爸爸妈妈就是不同意。

住在一个大院里的每一家人都有一块菜地，我们家也不例外。就在院子外，爸爸亲自开辟了一块菜地。七八岁时，我还在自家菜地里种过花呢。说是种花，其实就是把从别处要来的种子埋到土里，浇上一点水，就没再管过它。当时，我什么都不懂，以为这样它就能开出花来。可过了好长一段时间，那片土还是那片土，连芽也没冒，我也就渐渐淡忘了这件事。

我是十分喜欢小动物的。记得姥姥曾给过我一只小猫，我很喜欢。小猫身披一身黑白相间的"外衣"，两只大眼睛炯炯有神，非常可爱。它带给了我无限的快乐。可还不到一个月，小猫就吃了一只被鼠药毒死的老鼠，死了，我为此伤心了好一阵子。

再后来，我们搬到城里去住了。爸爸又从亲戚家里抱来了一条可爱的小白狗，我高兴极了，天天抱着它玩。可是，又没过多长时间，小白狗吃了大量的鸡油，拉肚子，也死了。从此，我们家再没养过小动物。

发生在小时候的事，随着岁月的脚步，正在逐渐消失，但有一部分，已经成了我记忆中的珍宝，永远不会忘记。

花开的声音

生活中，往往有一些声音萦绕在你的耳畔，它们或多或少会给我们生活带来影响。

也许你会说，你对生活中的各种声音都了如指掌，但是，你有用心地去倾听、去思考过吗？你有没有想过，在我们的身边，还有一些人耳难以捕捉、需要用心去体会的声音呢？而那些声音，才是我们真正需要去倾听的声音，不是用耳朵，是用心。比如说，牵牛花开的声音。

小时候，我家附近有许多牵牛花，开在茂盛的草丛中。它们像一个个张开的小喇叭，在风中演奏着自己的音乐，给我的童年带来了无限乐趣。

每天早上，我都会跑到牵牛花丛边上，蹲下身子，看着牵牛花一朵一朵地张开。合拢了一夜的牵牛花，在初升的朝阳下，绽放着迷人的笑脸，像孩子的脸庞一样，美丽又动人。那个场面，是令人回味无穷的。

天刚蒙蒙亮，太阳的光辉还只停留在窄窄的地平线上。天空中泛起一片片鱼肚似的白，地面上的一切是那么寂静，还沉浸在昨夜的梦中。这时，牵牛花便苏醒了。它的花瓣上还沾着一滴晶莹的水珠。啊，难道牵牛花昨天夜里做了什么好梦，在梦中喜极而泣，还是因第一次绽放而流出喜悦的泪？

正在我猜测之时，忽然看见牵牛花颤抖了一下，拥抱成一团的花瓣开始向外扩散，露出中间金黄的蕊。那一簇花瓣，一圈一圈地努力向外挣开着，像有人轻轻地把一粒小石子向水中扔去，荡起微微的波纹。随着花瓣一点一点地绽放，花身也微微颤动着。

我不再东张西望，开始静静地凝视着花儿。牵牛花开放的那个瞬间，仿佛有一种轻微的声响，在我心里响起。那声音，仿佛一滴水滴进泥土，小得几乎听不到，却传到了我的内心深处。那是牵牛花绽放时，花瓣所发出的一声轻响哦！

当我抬起头，太阳已经跃上了高高的山头，把它的金光洒向了大地。牵牛花也已经完全绽开，向着初升的朝阳，露出了金色的蕊，像一只只小喇叭，吹奏着乐曲，欢庆着新的一天，欢庆着新生的朝阳。

我看呆了。当我回过神来时，我已跪在了地上，对着这些已经盛开的牵牛花。

是啊，新的一天又来了，赶紧去做些什么吧！哪怕，只是在百花丛中绽放属于自己的那一个花苞，不管有多么不起眼，也是充满了意义。

有一种声音在记忆深处

今天，又是一个阳光明媚的日子。早上，我站在阳台上，正在给爸爸养的那些花花草草浇水，忽然，几声清脆悦耳的鸟鸣声在我耳边响起。我顿时思绪万千。

小时候，我在农村住过一段时间。那些日子，我几乎每天早上都是被鸟儿唤醒的。我们家的院子里，有一片茂密的竹子，小鸟把我们家的这片竹子当作自己的家了。早上，当我睁开蒙眬的睡眼，第一个听见的声音便是鸟儿的歌声。我也总是在这场属于鸟儿的演唱会中起床、刷牙、洗脸、吃早饭、去学校。本来，这千篇一律的生活是很单调乏味的，但是在各种鸟儿举办的演唱会的陪伴下，倒也增添了不少乐趣。鸟儿的歌声每天都不一样，今天的听起来像这首音乐，明天的听起来又像另一首。鸟儿的歌声是一流的，因为，这是属于大自然的声音。早上，伴着一路的鸟鸣声来到学校，真是令人心旷神怡，这情景一直留在了我记忆的深处。

可惜，这样的日子实在是太短暂了。没过多长时间，镇上忽然来了通知，要我们立刻搬家，到别的地方去住，因为这里的房子要拆掉建社区楼房。也就是说，我们一家人又要搬离住了不长时间的地方了。临走前的几天，爸爸把院子里的那片竹子刨了，小鸟也就消失了。望着空荡荡的院子，我心里涌起了一阵失落。

自从来到城市，与我相伴的，不再是鸟儿的歌声，而是声音嘈杂的各种车辆，还有建筑工地上机器的轰鸣。一大清早，马路上就塞满了车，它们的声音着实令人厌烦。我不禁想起了在乡下的那段时光。自从搬家进城后，我就再也没听到过鸟儿的声音，直到今天。

我把喷水壶放下，向楼下望去，原来是几只麻雀在楼下的那棵树上唱歌呢。这种声音我已好久没听见了，现在忽然听到，感到很亲切，真好。麻雀啊麻雀，你们以后每天都来唱歌好吗？我真的很喜欢你们的歌声。你们每天都来吧，让我在城市里也能听见大自然的声音，好吗？

我站在阳台上，静静地倾听着这分别已久的鸟鸣，仿佛我又回到了乡下，眼前的高楼大厦消失了，出现在眼前的，是我们家那片翠绿的竹林。

我深深地沉浸在了这清脆的鸟鸣中，直到母亲在客厅里唤我，我才回过神来。但愿明天，我还能听见这歌声。

花开的声音

荷花之约

暑假里，我报了钢琴班。教我钢琴的是薛文庆老师，他家在离我们家不远的一个小区里，我每次上课都要经过小沂河。小沂河被拦河坝分割成了几个大池塘，其中一个里面种满了各种各样的荷花。每当我经过那个池塘时，总会驻足观赏一阵。

池塘里的荷花很多，十分茂盛，整个池塘几乎都成了荷花的地盘。碧绿的荷叶一片挨着一片，仿佛为清澈的池水披上一层美丽的绿衣。无论从远处看，还是从近处看，池塘都是一片碧绿，绿得清新、绿得自然。而那些荷花，就藏匿在这片无穷无尽的碧绿之中，仿佛一个个娇羞的小姑娘，躲在母亲的怀中不愿让人看见。但是，岸上的人们只要仔细一看，便能发现她们。她们十分美丽，像在荷叶间玩耍的仙女。她们都是一枝独秀，没有凑在一起，每朵荷花都有几片碧玉盘般的荷叶作陪衬。她们同为荷花，却又各不相同，有的披着洁白的衣裳，像雪一样洁白无瑕，想必她们自身的品格也像雪一样纯洁吧；有的披着粉红的衣裳，那衣服应该是用天边最美的粉色彩霞织成的，用手一摸，应该会感到阳光的温暖；有的荷花花瓣还未绽放，那花骨朵里孕育的是一个个小花仙子吗？一旦绽放，她们就会四处嬉戏吧？她们孕育了天地之间所有的精华吗？一旦绽放，清新的香气便会洒满人间吧。

这些问题，只有荷花自己了解，应该很快就会揭开谜底了！有的荷花半开半闭，有的荷花已全部绽放，在阳光下灿烂地笑着。

作为百花中的君子，荷花如果化作一个少女的话，一定会令全世界都赞叹她们的美丽。在池塘边观荷，很容易就会融入其中，不自觉地恋上荷花，恋上这片"接天莲叶无穷碧，映日荷花别样红"的世界。望着满池荷花，仿佛自己也变成了荷花，在一片碧绿中随风摇曳。如果在清晨观荷，还会看到荷花瓣上沾着几滴晶莹的水珠，为荷花又增加了几分灵气。哦，那是昨夜荷花开放时喜悦的泪吗？

转眼间，就要进入八月份了。前几天去看荷花，已不再那么茂盛了，有一些已枯萎，散落在水里，花瓣四处漂散。哦，荷花们消失的日子快要来临了。或许，等秋风一吹，所有的荷花就都会枯萎，落入水底，化作淤泥，哺育着根茎，说不定来年的哪朵花里，就有她的影子、她的魂魄呢！所以，荷花又是一位伟大的母亲，无私地爱着下一代。我想问一下，荷花在地下沉睡一年，出来只有三两个月的花期，她们没有怨言吗？

坐在池塘边，望着那些还未凋零的荷花，想着那些已沉入水底化作泥土的荷花，我忽然明白了，荷花是不会埋怨的，她们已经在世上活过一回，把香气传播给世界，听到了人们对她的赞美，就足够了。

不管怎么说，到了明年夏天，荷花还会重新来临的，又会充满生机和活力，还会把香气留在人间。明年，我和荷花还会在老地方相约。

雪　趣
——第一场雪

今年的雪来得特别早。前两天，还刚刚下过像春雨那样的小雨，淅淅沥沥的，好像一转脸的工夫，就下雪了。

早上，我正在被窝里做美梦呢，忽然听到爸爸大喝一声："快起来，看，外面下雪了！"

"什么?"我怀疑自己听错了，闭着眼睛懒洋洋地又问了一句。

"下雪了，洋洋，别睡了！快起来看看吧！都已经厚厚的一层了！"爸爸说。

一听这话，我顿时来了精神，睡意一扫而光，噌地从床上蹦起来，三下两下穿上衣服，转眼间就趴在窗户上向外望去。

可惜，我忘了，现在才六点钟，外面一片漆黑，什么也看不见（现在是冬季，要等到七点钟天才会亮呢）。我好像被浇了一头冷水，失望地嘟起嘴，没好气地说："哼，搞什么嘛！根本什么也看不到。"

我正要转身离开窗户，忽然看见楼下有一辆车缓缓地开过来，黄色的车灯光照亮了它前方的一大片地面。我睁大了眼睛，因为我看到，在车灯照耀下的地面竟是一片素白。

真的是下雪了呀，而且下得还不小呢。我心中一阵狂喜。

吃过早饭，爸爸妈妈送我去上学。路滑得很，公路上的大车小车，都亮着灯，小心翼翼地慢行，好像没睡醒的样子，又像怕吓着谁一样。

爸爸也把车开得很慢。透过车窗，看到地面上的雪被车轮碾压得成了稀泥，天空中纷纷扬扬的雪花落下来，混合在里面一会儿就不见了。快到学校门口的时候，车挤在了一处，不能前行也不能后退，幸亏爸爸急中生智，把车拐进了附近商铺的辅道上，我和妈妈步行去学校，可还是迟到了。

下了早读课，天已经大亮了。我趴在教室的窗台上向外望去，眼前的景象让我大吃一惊：飘飘洒洒的雪花在天空中随风摇曳，到处都是一片洁白，地上、窗台上，灌木丛上、大树上，全是白茫茫的一片，宛如一个美丽的童话世界。天地间似乎全是清一色的白，这种素装给大地增添了一丝宁静、一丝祥和。

我简直陶醉了，呆呆地趴在窗台上看着、看着。直到郭琪突然走过来喊我，我才回过神来。

"干吗呢？人家赏雪景正出神呢，你倒过来打扰我。"我假装生气地说。不等她回答，我又接着说："今年的雪真早啊！"

郭琪一边吃着东西，一边答应着，我们一起欣赏这美丽的雪景图。

构思作文的石书鸣

上数学课时，发生了一件特别有趣的事。

当时，老师正在讲解方程的移项："移项就是，把等式一边的某项，变号后移到另一边，不移项的不变号……"老师一边讲解着移项的方法和规律，一边给我们出几道例题练习。同学们都听得十分认真，一边听一边记。

"解方程时，首先要移项。通常，把含有未知数的项移到左边，然后再合并同类项……"老师讲着讲着，突然停了下来，把我们都吓了一跳。怎么了？

老师低头看了看座次表，点了一个人的名字："石书鸣！"

老师正讲着课，突然点某个同学的名字，一定是那个同学走神了。

果然，老师厉声质问他："你干吗直勾勾地盯着外面？"顿了一下，接着问："是在构思作文《观雪有感》吗？"

我们大笑。

"看你想得那么出神，已经构思了不少了吧？你打算怎么写？来来来，向大家讲讲，你想怎么写吧！"

又是一阵大笑。

我忍不住也向窗外看了一眼。只见一片片雪花在空中飞舞，就像洁白的小精灵在空中舞蹈，确实非常美丽，难怪会把石书鸣迷住。

我不由得想起"忽如一夜春风来，千树万树梨花开"的诗句。

打雪仗

下课了，我去了趟卫生间。回来后，刚坐到座位上准备做数学题，郭琪又忽然出现在我眼前，对我说："小洋，咱一起下去玩雪去吧！"

正合我意，我立即答应了。

楼下有好多人，李雪、沙含玉、温馨、张馨月等，他们已经玩嗨了，好热闹啊！

突然，我被背后飞来的一个雪球砸中了，我回头一看，是郭琪。我也毫不示弱，急忙从地上抓起一把雪，揉了揉，攥成一个雪团，向郭琪扔去……

雪球大战开始了。只见楼前的空地上，同学们跑着、闹着，喊声、欢笑声混杂在一起。雪球飞来飞去，一会儿在这个人胸前开花，一会儿在那个人头上炸一下，头发上、脸上满是雪，就像白发苍苍的老人一样。打人的和被打的笑成了一团……

直到上课铃声响了，我们才恋恋不舍地向教室走去，校园里又恢复了宁静。

我玩得痛快极了，这是我今年第一次这么痛快地玩雪呢！下雪真好！

最后的约定

今天，天气晴朗，阳光明媚。我站在书桌前，收拾着已经全部做完的作业，一阵微风轻轻地拂过我的面颊，吹起了我脑海中的记忆。望着窗外那遥远的碧蓝的天空，我陷入了回忆。

两个星期前的星期五，天空也是这样蓝、这样晴朗，我和我的朋友郭琪做了最后一份"誓约"。

那天早上，当下课铃叮咚叮咚地响起时，同学们像潮水一般向外涌去，争先恐后地跑向食堂，生怕来不及吃早饭。转眼间，偌大的教室里只剩下几个同学，他们都是已经在家吃过早饭或者带了早饭准备在教室里享受的同学。这中间，就包括了我和郭琪。

我站起身来，走到郭琪的身边，坐了下来，打算和她聊聊天。当时，我们学校举办了一项名叫"校园歌手大赛"的活动，为的是丰富同学们的课余生活，陶冶同学们的艺术情操。老师是在四天前把这个消息告诉我们的，还鼓励我们踊跃报名。我想，郭琪一向热爱音乐，她是极有可能报名的，结果，我的猜想一下子就被证实了。所以我想趁着吃早饭的空，和郭琪讨论一下关于校园歌手大赛的事。如果有可能，我或许还会帮她一下，向她提几个建议，毕竟我们是朋友嘛！

郭琪已经拿出了她的早饭——牛奶和面包。她见我在旁边坐下了，便和我打了个招呼。

　　"嗨，郭琪，这次学校举办的校园歌手大赛，你准备好要唱什么歌了吗？"我问她。

　　"当然，我打算在赛场上唱我比较熟悉的歌——就是动画片《星游记》的片头曲。"她喝了一口牛奶。

　　哦，那首歌我也挺熟悉的。《星游记》，一部大家都特别喜爱的动画片，它的片头曲很好听，歌词也很励志。郭琪选这首歌，我一点也不惊讶。

　　"要不，你先唱来听听吧。"我说道。因为我当时已经知道，自己将要转学，不会看到下周三的比赛了，也就不会再听到她在赛场上的歌声了，但是我还是想听听她唱这首歌。不过，我没有告诉她我转学的事。

　　"好的！"郭琪咬了一口面包，开始轻声唱了起来。

　　"眼前重复的风景/渐渐模糊了约定/星光下流浪的你/仍然秘密的距离……"

　　"温度消失的瞬间/无法触摸的明天/没有引力的世界/没有脚印的光年/还在等着你出现。"看见她唱得那么认真、那么投入，我也忍不住了，在她停下来吃面包的当儿，也跟着轻声唱了一句。接着我笑了，我们两个人都笑了。

　　就在这时，我忽然想起了一件事："郭琪，你唱得很好啊。但你准备好伴奏了吗？这次比赛，老师可是要求我们自己准备伴奏啊！"

　　"没事，那件事就交给我爸爸去处理吧，他有 U 盘，可以录下来的。"她说，"不用担心，这不成问题。"

"那比赛的时候，你可一定要努力哟，一定要尽自己的全力啊，争取拿到好名次。不管别人怎样冷落你，厌恶你，不欣赏你，就算没有人为你鼓掌、加油，你也一定要尽力。"我说。我知道，这是我最后一次鼓励她了。

"嗯，好。"她爽快地答应了，并且也对我说，在那个时候，请我一定要给她鼓掌加油，即使别人都不鼓掌，也希望我一定要给她鼓掌，而且一定要是掌声最热烈的一个。"因为我们是最好的朋友嘛！"她笑着说。我也微笑着点头答应着，心里却很忐忑。

然后，她向我伸出了自己右手的小拇指，说："拉钩吧，拉过钩的事就一定要做到哟！"我愣了一下，因为我们俩之前的约定，从来没有这么郑重过，这是头一次。我有点惊讶，又有点不习惯，但还是伸出了右手的小拇指，和她拉在了一起。

"嗯，拉钩。"我回应道。然后，我们就各自缩回了自己的手指，这是第一次，也可能是最后一次。

朝阳的光辉从窗外射进来，照在我们两个人的身上。我相信，我永远也不会忘记我们的最后一次约定。

我们两个又静默了一会儿，谁也没有说话。许久，我才站起身来，看着她那略微有些棕色的眼睛，说："时间不早了，再见吧！"

"嗯，再见。"她把最后一口面包含进嘴里，有些含糊地说道。随后我便走开了。

我没有等到歌唱比赛那天，就匆匆离开了实验中学，离开了郭琪，还有其他的朋友、同学。我对郭琪的承诺，最终没有实现，但至今依然忘不掉。但愿郭琪能原谅我，不计较我的失约，我们，永远是朋友。

我的清晨

早上六点钟左右，一阵急促的闹铃声把我从睡梦中惊醒，我睡意蒙胧地睁开双眼，新的一天又开始了。我像往常一样，起床，穿衣，吃早饭，刷牙，然后背上书包，开始了一天的行程。

推开大门，一阵刺骨的寒风直朝我冲过来，还迷糊着的我，打了个激灵，完全清醒了。天气真冷啊，大风卷着无数的落叶，向人们铺天盖地地涌来。我迎着凛冽的寒风，踏着一地火红的枫叶，开始向学校前进。

远处，天边泛着鱼肚似的白。现在是冬季，天亮得比较晚，但此时，太阳已微微露出它那火红的面颊，东方的天际开始发亮了。马路边亮了一夜的路灯仿佛一个个坚毅的卫士，还在坚持挺立着，为人们送上些许温暖的光明。大街上行人稀少，是啊，除了上学的学生外，谁还会起得那么早，出发得那么早呢？伴随着一路的歌声，我到达了学校，此时，也不过刚刚六点三十分。

进了教室，第一件事就是赶紧放下书包，开始一天的学习。今天早读是语文，同学们读得十分认真、投入，教室里除了读书声外，没有任何杂音。清晨的风，一路踏着有节奏的步点，向远处快活地跳去，把我们清脆的读书声传得很远。

七点钟左右，太阳才懒洋洋地爬上山坡，把它的金光洒满大地。教学楼前那根旗杆上迎风飘扬着的五星红旗，也染上了一层淡淡的金色。太阳升起时，红旗仿佛比以往更加鲜艳美丽，充满了生机和活力，像一只红色的小鸟，在风中盘旋翻飞，朝气蓬勃。天空也开始变得蔚蓝，蓝得透明、清澈、自然，像一块水晶。

一切都是新的，新的一天又开始了。那么，我也要做点什么了吧，否则，就要浪费这大好时光了。既然毛主席说过，年轻人是八九点钟的太阳，那么，我们的任务，就是让自己发出光辉，把它们洒满大地，正如这窗外的太阳一样。

在一片朝阳的光辉中，我大声地朗读起来。

我的老师

转学到这个学校，真的是来对了啊，这里的每一位老师都那么幽默。特别是我们班的老师，我觉得他们都应该得特级教师奖。

首先，让我来向大家介绍一下我的语文老师吧。

我的语文老师就是一位特别幽默的人。凡是他的课，我们没有一次不开怀大笑的，他总有办法让我们笑个四仰八叉。这样，打盹的就把瞌睡虫赶跑了，紧张焦虑的就把紧绷的弦松开了，觉得语文没趣味的都像吃饭有了各种作料……我是超喜欢上语文课的。

这天下午，又到了上语文课的时间了。我们都安静地坐在座位上，诵读课文，准备迎接老师的提问。

上课铃声响了，老师走了进来。我大气不敢出，生怕老师上来第一个就点我，虽然我早就记得滚瓜烂熟了。

果然，老师第一句话就是："好了，咱们现在先提问一下。"话音刚落，我就倒抽了一口冷气，紧张地在心里祷告着：千万别叫我，千万别叫我。

"刘田！"老师点名了，还好，第一个不是我，我暗自松了一口气。

刘田摇摇晃晃地站了起来。好家伙，他居然还笑嘻嘻的，仿佛就跟没事儿人似的，一点也不紧张。

　　"你来说一下，'学而时习之'中的'而'是什么意思?"老师问刘田。

　　"嗯……那个……嗯……什么来着?"刘田抓耳挠腮，支支吾吾地说不出来，但他仍然嬉皮笑脸的，真让人佩服。

　　老师脸色一变，板着脸转过身去，大踏步地来到放清洁工具的大铁柜前，顺手抄起一把扫帚。我们大笑起来，心想这小子完了。

　　刘田吓得打了个激灵，脱口大声说道："转接连词，意思是'但是'……"

　　他答错了。大家又是一阵嬉笑，不知道接下来会发生什么。

　　没想到，老师也笑了。他一脸得意的表情，举起扫帚看了看，夸张地大声说："哎呀，这东西比我管用啊!"

　　大家又哈哈大笑起来。老师接着说："看样子，刘田同学对它比对我还亲啊!"

　　教室里的笑声一阵高过一阵，我的眼泪都笑出来了。

　　幽默，是老师的智慧，显示出老师的胸怀。有这样幽默的老师，真是我的福分啊!

课堂趣事

教我们数学的赵老师，也是一个特别幽默的人。我们对数学课的喜爱一点也不亚于语文课，课堂氛围同样也是愉快的。

记得赵老师第一次见到我们时，他把我们比喻成"无脊椎动物"，意在让我们把腰直起来。经他这么一说，我们班的所有同学都坐直了身子，他说这才叫坐有坐相嘛！确实这比单纯地让我们坐直效果好多了。

记得有一次，我们班的张铭川同学上课时一直低着头做小动作，被赵老师发现了。但赵老师没有直接训斥他，而是面带微笑地说："张铭川，你干吗老低着头，是不是缺钙了？如果是，那就吃颗糖豆补补吧！"说着，老师从粉笔盒里抽出粉、黄、蓝、白四种颜色的粉笔各一支，来到张铭川面前："你是想吃白色糖豆呢，还是蓝色糖豆呢，还是粉色糖豆呢，还是黄色的？"逗得我们哈哈大笑。

一天下午，我们在上数学课，值日生一直在楼下打扫卫生，上课都二十分钟了，他们还没有上来。我心想：老师啊，你应该好好夸奖一下那些忘我工作的劳动者啊，为了班集体荣誉，他们竟然连课都不上了！

二十五分钟过后，那些值日生才陆续回来。赵老师该怎么对待这些"勤劳"的值日生呢，是批评呢，还是写检讨呢，还是别的？我在心里猜想着。

没想到，赵老师竟露出一脸笑容，对他们说："别回来了，在下面扫树叶子就是。干脆，就让树叶子教你们得了！"

太幽默了，我们的眼泪都笑出来了。

老师的幽默、风趣说也说不完，要不，下次再讲给大家听吧。

花开的声音

新班长

我们的班长是戚文德。他是在我们原来的班长转学之后，才被选为新班长的。

戚文德不但是班长，而且还是历史课代表和信息课代表。好大的"官"，把我羡慕坏了，我特想当班干部。

我觉得他和我们原来的班长一点儿也不一样。就说身材吧，原来的班长特高特胖，而戚文德却很瘦，真想知道他每天吃多少，居然如此苗条。我们前任班长是比较文静的一个人，而戚文德却活泼好动。下课时老见他和同学们打打闹闹，一刻也闲不住，连上课也在和同桌玩。在我看来，这是"多动症晚期"，已无可救药。

最不一样的是，他在管纪律方面特有办法，总能让我们安静下来，这和前任班长有着天壤之别。我们前任班长管纪律总是喊："别说话了！"他也不想想，光这样喊有什么用？还是戚班长的方法管用。

记得有一天上午，我们上美术课，老师没有来，戚班长就让我们上自习。我们都特高兴，终于不用被老师盯着了！不一会儿，就有好几人开始说话了，随后，说话的人渐渐多了，一会儿，教室里便人声鼎沸了。

就在我们肆无忌惮地说话时，戚班长出动了。只见他一步跨上讲台，大喊一声："从现在开始，谁说话就记谁的名！"但没人听他的，戚班长是那天早上刚刚上任的新官，在同学们的眼里，一点威信也没有。

　　戚班长看了我们一会儿，转身在黑板上写下了一个名字：毛新正。大家顿时鸦雀无声，还以为他在吓唬我们呢，没想到他玩真的。

　　"表现好的话，名字可以擦去。"他说。

　　龙科桦回了一下头，戚班长当即记下了他。

　　大家都不作声了，都怕他把自己记上。

　　我忽然想起前几天我们在历史课上学的秦朝的暴政。我觉得戚班长的做法和那位残暴的君王没什么两样，一样残暴、一样苛刻。戚班长简直就是秦始皇！

　　我咬牙切齿地吐出几个字："秦始皇！"

　　后来，"秦始皇"这个称呼渐渐流传起来，成了戚班长的外号。

　　其实，我心里知道，戚班长这样做是为了我们班集体的纪律。只有纪律好了，我们才能有一个良好的学习环境，才可进步、成长。

找回自我

沂新中学，对我来说，是一个完全陌生的学校。

记得刚到这儿时，我完全不适应这突如其来的变化。昔日熟悉的同学、要好的朋友、亲切的实验中学，在一天之内全都变为了过去，成了我记忆中的画面。取而代之的，是一群完全不认识的老师和同学，再加上一个陌生的环境，令我迷茫、无助。独自走在这偌大的校园，我感到无比的孤独、寂寞。

在这样的环境中，我变了，变得不爱说话，变得沉默寡言，一天到晚，只知道趴在自己的桌子上，面无表情地把自己埋进书本里，对周围的一切全都置之不理。同学们很好奇，不断地向我提问。面对同学们向我提出的问题，我回答得十分冷淡。

"嘿，同学，你是从哪个学校来的？"

"实验。"

"哦，实验中学啊，那个学校挺好的呀，你为什么要转学？"

"我数学成绩不好。"

"你在你原来的班里是第几名呀，同学？"

"六。"

后来，那些试图和我交流的同学见我不太好沟通，也就都渐渐地对我不那么有兴趣了，他们又像我没有来过似的，仍和自己原来的朋友打成一片。我又陷入了孤寂中，毫无存在感。即使迎面走过来同班同学，我们也像没看见对方似的，不作声地擦肩而过，空气中充满了令人窒息的冷漠。我渐渐发现，我变了，原来那个爱开玩笑、爱打爱闹的我不知何时已经走远，只留下一片孤寂、一片沉静。

　　一天早上，我对着镜子，开始刷牙。透过面前的这块方形的玻璃，我看到的是一个十分冷漠的面孔。突然，我发觉镜子中那个冷漠的女孩，不是我了。我不应该是这个样子的，我不该这么冷淡，也从来没有过这样的表情。那么，我究竟去了哪里了？思来想去，我终于明白了，是我把自己弄丢了。于是，我对着镜子，露出了一个灿烂的笑容，镜子中便出现了一个笑得很甜美的脸。对啊，这副面孔才是真正的我啊！

　　原来，不知不觉间，我已经完全变了，几乎成了人们口中的"三无"（无口、无心、无表情）产品，仿佛一个空荡荡的木偶，没有任何感情。发生了这么大的变化，我自己都没有反应过来，连自己都感觉陌生了。如果原来的同学和朋友见到我这副样子，还能认出我吗？再这样下去，我不知会变成怎样，也许，我将再也看不到那个真正的自己了。我突然醒悟，不能再这样下去了，是时候，我该做回原来的那个真正的自己了。

　　这天早上，当我来到沂新中学的大门前，我唱着歌走了进去。到了教室，见到自己的同桌，我笑着打了个招呼："嘿，王京京，来得这么早啊！早上好！"

　　王京京愣了一下，看着我，似乎有点惊讶，但很快就笑着回应了一句："早上好！"此时，我望了一下窗外，天已经开始亮了，太阳已经开始奋力向上爬了。我的心情很愉快，又笑着和她聊了起来。不一会儿，我们的距离就好像缩短了不少，很快就成了朋友。

之后，我试着慢慢跟其他同学交谈。渐渐地，我发现，原来的自己，在不知不觉间又回来了，这才是我嘛！

现在，我已经和同学们完全熟悉了，也交了不少的朋友，已经完全从转学的阴影中走了出来。

原来，找回自己，真的很简单——就像照镜子，你想看到笑容，就要先笑起来。所以，我应该抬起头，微笑面对新的生活。

我的组长大人

（一）

转眼间，我来到沂新中学已经有一个月了。通过这一个月的接触，我已经逐渐适应了，也完全熟悉了这个班级。

这个班里，有各种各样有趣的人，他们大都特点鲜明，给我留下了深刻的印象。当然，这里面印象最深刻的，还是最近刚刚成为我的组长的那个"奇葩"男孩——董浩华。看名字，他和我是同姓的本家呢！

我到沂新中学的第二天，便认识了这个男孩子。那天早上，我正坐在自己的座位上，专心读着刚学的课文，忽然听见身边传来一个男孩子的声音："嗨，同学，你们两个有《数学自主学习》吗？"我抬头一看，只见一个男孩不知何时已站在我身边，像一个幽灵。出于好奇，我把他从头到脚打量了一通：他个子挺高，身材瘦长，穿着一条细长的牛仔裤，显得腿更长了。甚至，我觉得他的腿比上半身要长许多，简直像一把大大的圆规。我还是第一次见到这种身体比例严重失调的人呢，要不是尽力憋住，我差点就笑出声来。

我把《数学自主学习》抽出来，递给了他。他接过去，翻到我们昨天学的那一部分，开始仔细地浏览起来。见他这样，我有点吃惊，他是在"检查"我的数学作业吗？他为什么要"检查"我的作业？是谁给他的权力？难道说，他是数学课代表？带着一系列问题，我冒昧地问了他一句："你是数学课代表？"他又看了一下我的作业，然后便递给了我，抬起头，看了我一眼，很随意地回答："对啊！"然后就离开了。

之后，从同学们口中，我渐渐知道了他。据说他是一个特别"自恋"、特别"变态"的男生——同学们都这样说的，而且这一点我在不久之后的一天早晨就领略了。那天，他在检查我后面那位同学的作业时，我听见他说了一句："哦，sorry，我那漂亮的大长腿又碰到您了！"他这一说不要紧，当时在喝水的我，差点把水吐出来。这个"圆规"好自恋啊，他把自己想成什么了啊?! 这样的男孩，我还是头一次遇到，这概率堪比中大奖呀！

哎呀，我的组长大人，我该怎么面对你呢？

（二）

不知不觉间，时间已经悄悄从我身旁溜走了不少，一转眼的工夫，就快要期末考试了。

各科老师都十分紧张，陆续采取了一些与平时不同的复习手段，准备带同学们做最后的冲刺。尤其是教语文的段老师，为了使我们的学习氛围更加浓厚，也为了让同学们学会合作学习，把我们划分成十六个小组，每个小组有四个同学，再选一个语文成绩比较好的当组长，专门负责领导小组成员进行有规律地学习。而且重新安排了座次，上语文课时，就要按新座次坐。

段老师的创意，还体现在她给了这十六位组长一个特殊的权力——每个组长都可以根据自己的意愿挑选一位组员，剩下的那两位就由她来安排了。这真是既体现了民主，又体现了集中，标准的"民主集中制"了。

董浩华也是这批"特权生"中的一位。不知道谁会这么不幸，到他的组里去。那样的话，那位同志可真是倒大霉了，听说他很烦人的。不过，我刚转学来，又很有"福气"，应该不会享受到吧！

那天，刚一上课，段老师就请那些组长依次说出自己"相中"的人，她找出一个本子，把那些同学的名字都记录了下来。这一过程进行得很快，转眼间便轮到了董浩华。我屏住呼吸，大气也不敢喘，仔细听着，想看看他要点哪个倒霉蛋去他的组。

只见董浩华晃晃悠悠地站起来，左顾右盼了好一会儿，脸上露出迟疑不决的神情。这把"大圆规"还真是老乌龟上公路——慢得出奇啊！老师似乎也等得不耐烦了，追问了一句："董浩华，你要选谁呢？"停顿了一下，接着用商量的语气说："要不，你就选××吧？！"

什么？没想到老师会点我的名字，我一点准备都没有，只感觉心里咯噔一下，简直怀疑自己听错了，或者脑子出现了幻觉。但是，同学们都齐刷刷地看向我，目光中充满了幸灾乐祸的嘲弄意味，有些同学还哈哈大笑起来。

我的天，在那一瞬间，我周围的空气似乎都要凝固了。我的组长怎会是他？我不会真的这么背吧？老师哟，你怎么这么欺负一个刚转学来的学生呢，公平何在？

更没有想到的是，董浩华不但没把我放在眼里，而且敢不买老师的账，听了老师的话，竟然发出一声"哦——"的杀猪般刺耳的声音。谁都能听出，这个声音不是答应，而是拒绝了，真是——然后更为明确地说："不要啊，老师！"

瞧这话说的，真是讨厌，好像我想到他的"门下"一样，这不是明摆着歧视我吗？我的神啊，天理何在？

"那你想要谁？快说啊！"老师说道。

"老师，你给我找个好欺负的同学啊！"这么离奇的话，竟然是从他嘴里说出来的，真是疯狂。

"那你还是要××（我）吧，她就挺好欺负的。"奇怪，老师说这话时，居然面带微笑，不温不火的。"Oh，My god！你们饶了我吧！"我在心里呼喊着。

"老师，我要刘润泽！"这个时候，这个家伙才明确提出了要谁，早干什么去了？这不是明摆着和老师唱双簧，故意捉弄我吗？

"行了，你还是要××（我）吧！"老师不再搭理他，开始讲课了。

董浩华垂头丧气地坐下，同时又发出一声低低的拿手"杀猪音"。可是，老师就当没有听见，看也没有看他一眼。

就这样，我被阴差阳错地安排到了董浩华的组里，真是个不祥的征兆啊！以后不知道还会发生什么离奇的事呢，唉！

（三）

下午，上语文课时，老师正式启动了小组制学习。作为董浩华的组员，我被迫坐到了他的前面。

"每个组里，都是语文成绩好的同学当组长。"老师刚一说出

第二章 那年那月的记忆

这句话，就听到董浩华"对呀"的大声回应。刹那间，同学们齐刷刷地回头看着他，好像都在"佩服"他的自大和狂妄。

"像董浩华这样的组长，就是添上去凑数的。"老师立马接了一句。我一阵窃喜，真佩服老师的机智，也为杀了他的威风而高兴。

董浩华顿时像泄了气的皮球，嬉皮笑脸地说："哎呀老师，你怎么这么说呢？"同学们听了，一阵哄堂大笑。

"每个组里，组长都是语文成绩最好的，所以一定要起到带头作用。"一阵小插曲后，老师继续说。

"长得最帅气的也是组长。"真是没救了，董浩华居然在这么短的时间里从老师的嘲讽中"苏醒"过来，还能小声地接上这样一句话。

哎呀，我的组长大人，我该怎么"蔑视"你呢？我最不愿意和男孩子说话了。尤其是董浩华这样的男生，那么"自恋"，那么喜欢哗众取宠。

当我越来越熟悉沂新中学的老师和同学的时候，忽然觉得这里其实与我所在的实验中学一样，这里的人都很亲切。而且，有时候，感觉像董浩华一样的男同学，也并不是那么令人讨厌，甚至有时候觉得他的哗众取宠，给枯燥的课堂增添了几分乐趣，给大家带来了许多快乐，就连笑点一向很高的我，也常常被他逗乐。

一天早上，董浩华照例检查我的作业，可不知怎么回事，拿着我的数学练习本一直端详着，不说话，也没有还给我的意思。要知道，我最害怕数学这门学科，尤其是几何，简直是我的噩梦。爸妈说我缺乏形体观念，没有空间想象力，学几何就特别吃力。难道说，我的数学作业又出现了令人耻笑的错误？我一阵忐忑，心里直发毛。

董浩华盯着我的本子看了一阵，又转过身，拿起自己的本子看了一下，低下头又演算了一阵，才回过头来对着我肯定地说："你这道题做错了。"

他很认真，竟然亲自又演算了一遍才做出判定。听到这一"判决"，我竟然没有一点羞愧的感觉，而且感觉心里好像有一块石头落了地。连他这样的数学天才、学习上的佼佼者都这么小心，我做错了也就没什么丢人的了，本来我就学习差嘛！我这样安慰着自己。

"你看，这个题应该这样做，用我们刚学过的全等三角形的判定方法，先判定出这两个三角形全等，然后……"经他这一点拨，我恍然大悟，有种"拨云雾见青天"的感觉。

董浩华检查作业，不是简单地告诉我们哪些题错了，而是给我们仔细讲解，还真是位细心的家伙。我心里还挺感激他的。

转眼就快要期末考试了。一次上语文课时，老师让我们继续以小组为单位进行合作复习，小组长就成了复习的组织者和指导者。最令我想不到的是，我的组长大人竟然把这一册的知识点，包括容易错的字词、需要记住的文学常识、需要记忆背诵的段落等，就是考试常考的那些，都汇总了并打印成了一个小册子，发给我们小组的每一位成员。

他是怎么做到的，平时加班整理的吗，还是上网搜的？不管怎样，单凭他能打印出来，或者找复印社复印出来，拿来与每个人分享，让大家共同进步这一点来说，就已经是超级棒的了。我不禁在心里为他暗暗点赞。

哎呀，我的组长大人，我该怎么评价你呢？每个人都有自己的长处吧。缺点嘛，一副嘻哈德行，有时挺讨人厌的；但在小组检查作业、组织学习时，其实董浩华还是蛮细心、蛮有责任心的。

我有点吃惊了，不知道从什么时候开始，对董浩华的评价竟然发生了这么大的改变。就连他那嘻哈德行，也并不是很讨厌了，觉得他的嘻哈德行能给我们枯燥的生活增添不少乐趣。

我知道，我心里的很多东西都已经发生了改变。也许，我已经认可这位本家的小男生了……

考场百态

寒假考试前一天，老师公布了考场安排。

郁闷啊，我竟然被排在了最后一个考场，怎么会这样呢？据说，这个考场里的学生都是学习上"出类拔萃"（当然是从后面数了）的人，我竟然和他们一个考场？再怎么不济，我在原来学校的班级里，也是排在前面的学生啊！

一整节课，我都毫无精神，又一次体会到被人漠视的滋味。明明可以装作毫不在意，因为我是学期中间转来的学生嘛，在这个学校没有成绩记录，不管是多么风光的学霸，还是在班里靠哗众取宠、惹点小麻烦获得老师和同学关注的同学，都是毫无存在感的"学困生"，都得从头再来，用分数来证明自己。

老师经常说，这个学期是分水岭，学习好的会越来越好，学习差的就会跌落下来，不好翻身了。所以我应该好好复习，争取不辜负爸妈对我的期待。可是，脑袋里就是有样东西不受控制，反复咀嚼回味着被安排到最后一个考场的事，学不进去。好吧，顺其自然吧，好在第二天就要进考场了，学得怎样，基本定型了，现喂的鸡下不了蛋呗。

老实说，期末考试，就像战争中的一场小战役，要把功夫用在平时。在战略上要高度重视，到考试的时候，思想上就不要过分紧张了，放松心情，吃好喝好睡好，在考场上顺利发挥出自己的正常水平就好了。

老师净说些不咸不淡的话，考试能不紧张吗，敢情考试的不是你们啊！是谁考完后拿我们的成绩一遍遍说事？尤其是寒假，过年了，走亲访友的，就烦人家问考完试了吗，考得怎么样？等等。这过分的热情，过分的关心，非把你那点隐私挖掘、抖搂出来不可。

考试的第一天，我心情复杂地走进考场——简直就是万花筒一样的考场，学生们各怀心思。比如我，我多么希望在这次考试中打一次翻身仗啊！可有些同学却很不重视，把考试当成黎明前的黑暗，想到的是就要放假了，这比平时上课好应付多了。

不信你看，我那同桌，真是奇葩，完全把考试当成了必须履行的手续，发下试卷，匆匆填好自己的名字和考号，就把试卷垫在胳膊底下，闭上眼睛就呼呼大睡，哪儿管这是考场还是刑场啊！快到收卷时间的时候，他才懒洋洋地爬起来，伸了个懒腰，胡乱在答题卡上涂了几个选项了事。我悄悄告诉你，在我们这考场里，这样的学生比比皆是，好在他们不会打扰我考试。

我就纳闷了，这样的学生不是在坑爹吗？家长难道不清楚？老师也不管？天啊，我服了。

我要从这个考场"打出去"，我可不能像他们这样堕落下去，我在心里暗暗地告诫自己，集中精力好好做题。所以，这些另类，除了让我一开始感到惊奇以外，并没有影响我的答题。倒是有一个同学，真的影响我考试了……

说到这里，就不得不提一下我这个同学了。她叫王×，跟我一块从另外一个学校转来，而且和我是同桌。她高高的个子，长得说不上漂亮，却很得体，蛮耐看的。她的爸爸是位出租车司机，因为平时顾不上她，所以她学习成绩有点下滑，就托人把她从农村转到城里来了。可她一百个不情愿，所以在开始那段时间，一直叨咕着非要转回原学校不可。真是同病相怜啊，我们这些转校的学生，怎么能担得起父母这么厚重的期望呢？他们就不怕把我们压垮了？

"谢天谢地，我把我的小命全交给你了，你可要好好帮我哟，要不就惨了。"知道学校把我俩都安排到一个考场，而且她就坐在我身后以后，她就不止一次地向我"告白"。其实这家伙比我聪明多了，转校之前，她的数学成绩比我好好多。可是，这一段时间，她上课老是走神，尤其是上英语课的时候，总是过一会儿就小声地问我老师讲到哪儿了，真是不可思议。对了，忘了告诉大家，她最愁英语，跟我正好相反。

对这次考试，我并没有过多的顾虑，因为平时晚上做完作业后，妈妈就盯着我，跟我一块看名师教学视频，把我最没有把握的数学几何部分，重新复习。视频里的老师讲解幽默，并且视频图文并茂，很形象直观，我看了收获很大。而且，我反感考试不诚信的行为，就算是王×数学比我好很多，我也不会抄她的，也不想让她抄我的。

"依靠着别人爬上山顶，看到的风景有意思吗?"我对王×说，委婉地规劝她放弃抄袭的念头。可是，说完以后，我忽然感觉有点酸，就不再吱声了。

"我听不懂你说什么，反正考试的时候，你一定要把试卷向右放一放，身子往左斜一斜，把试卷露出来，让我抄着就行了，拜托了大姐。"为了达到目的，她油腔滑调地称我为大姐，其实她比我大。哈哈，有求于人了就叫大姐，真有意思，真是个"势利小人"啊！

"你那么聪明，为什么不靠自己的努力考试？明明能站着做人，为什么偏要跪下来，你不觉得羞愧吗？"

"反正我不管，以后的事以后再说！"王×是王八吃秤砣——铁了心要抄我的。

"伙计，快点挪挪身子，我看不见。"果不其然，刚开考不长时间，身后的她就小声地喊我。我没理她。

"大姐，求你了！"等得不耐烦的王×又喊了，而且用脚踢了踢我的凳子。

"不要说话，自己做自己的！"监考老师使劲咳嗽了一下，好像专门警告她似的。

王×安稳了一会儿，突然又踢了我的腿一下，又开始低声喊："你把答案露一露，救救你同桌呀！要不你把选择题答案用纸条传我一下。"

我简直无语了，整场考试我都在心烦意乱中度过。

听 雨

雨，还在不停地下着。

窗外一楼阳台上覆盖的铁皮，被雨点击打着，发出清脆的声响，啪嗒，啪嗒，像有人在敲鼓。这声音清脆悦耳，富有节奏感，时而急促，时而缓慢；时而沉重，时而轻盈；时而杂乱，时而整齐……

在这片雨的音乐中，我听出了大自然的心声，像诗。

雨，已经下了两天两夜了。从昨天早上开始，一阵大，一阵小，时断时续，一直持续到昨天夜里。

昨天夜里，我是伴着雨声入睡的。雨天的夜晚，很美妙，很恬静，让人心醉。可是，我却久久地难以入眠。即使关上窗户，也依然能清晰地听见每一滴雨水所击打出的鼓点，毫无遮拦。这扇窗户所能做到的，只不过是帮我挡住被风刮过来的雨点。

枕着一声声碎雨进入梦乡，我做了个难得的好梦。梦见自己回到了小时候，那个在雨中撑着伞，穿着雨靴，淘气地把地上的雨水踩得老高，故意溅自己一身的天真活泼、快乐的自己。

今天早上，起床一看，雨还在下着。地上已经积了厚厚的一层水，没有人在外面。寂静的小区，寂静的雨，寂静的街道，寂静的家，只有客厅里传来的电视声。

由于昨夜睡得晚，今早便起得迟，待起身看表时，已是七点二十。这在夏天，可是很少见的。冬天的夜寒冷，使人多觉，迷恋被窝；可夏天的夜短，就不一样了。夏天的夜，总是有一种魔力，使人能早早地起床，离开被窝，今早却起晚了近一个小时，除了爸妈没舍得叫醒我外，不就是因为雨吗？

　　天空的云黑沉沉的。在雨织就的世界里，我突然发觉，立秋过去好几天了。快进入秋天了，难怪最近天气突然变得凉快了许多。走在外面，清风徐徐，已全然没有了之前的那份燥热。

　　"一场秋雨一场寒"，又是一年秋风吹起，秋雨落下，夏天就渐渐走远了。

　　开学的钟声敲响了，转眼我就是高中生了，新的征程又拉开了序幕。

你是我的太阳

小的时候，望着天上那一轮圆圆的、发出灿烂光芒的太阳，心中总会涌起无限的向往和憧憬。天上的太阳，是神明赐予全人类最好的礼物，它始终无私地给人类带来光明和温暖。

我真心地希望，自己也拥有一轮太阳，一轮只属于我自己的太阳。在黑夜降临的时候，那轮太阳也会发出灿烂的光芒，照亮我前行的道路，驱走我心里的阴霾，不留一丝冰冷和寂寞，没有彷徨和忧伤，让我在人生的十字路口充满勇气和力量。

在人生的旅途中，我一直都在努力地寻找属于自己的那一轮太阳。但我知道，它只能是一种精神上的寄托。所以，即使在许多年以后的今天，我依然没有找到。我有些灰心丧气，但对光明和温暖的渴望，仍驱使着我，不停地寻找着。

就这样，我在寻找的过程中，不知不觉地长大了。长大，不仅仅是个子的增高，更重要的是心理上的成熟。我发现，我和周围的事物，都在不断地变化着，但我寻找心中太阳的愿望，却一直没有变，我奔跑着，前行着，不忘初心。

直到有一天，我在书中读到一段话：在这个世界上，千万不要依赖任何人。因为，当你在黑暗中挣扎时，连你的影子都会离开你。我一遍又一遍地读着这句话，反复咀嚼，心里突然一亮。

是啊，这个世界上，根本不可能有什么值得我们完全依赖的东西，就像太阳会落山，黑暗总会到来一样，只有自己才是最值得依赖也可依赖的。

父母为我们积累的财富，有挥霍完的时候；贵人帮助的机遇，有抓不住的时候；一时获得的优势，也有失去的时候……漫漫人生路，只有靠自己脚踏实地，才能走出一片属于自己的天地。

读着这句话，我明白了，原来，我一直寻找的太阳，其实就是自己啊！于是，从那时起，我每天站在镜子前面，都会说一句："加油！今天，你也要为我带来光明啊，我的太阳！"

我想对自己说：你，就是我心中的太阳。无论今后遇到多少黑暗和寒冷，多少艰难和险阻，你都要坚定地走向光明和未来。

最简单的回报

世间万物，凡是有灵性懂感情的，都懂得回报那些对自己有恩的人或物。乌鸦尚且懂得反哺，羔羊也懂得跪乳，寸草之心也要报答春天的光照，何况是我们人类了。

可是，生活中，总有一些人对乐于帮助他的人熟视无睹，或认为是理所应当，不懂得感恩，或以各种理由，拒绝回报，让人心寒。比如，有些人以工作忙为理由，长时间不回家探望父母；有些人以自己生活紧张为借口，拒绝偿还所欠债务，成了老赖；有的人接受别人帮助时，甚至连句谢谢的话都懒得说，吝啬得很……所以，在当今社会上，忘恩负义的大有人在，恩将仇报的也不在少数。

回报他人，真的就那么难吗？事实上，回报他人并不需要多么贵重的礼物，有时甚至不需要礼物，只要有回报的情谊就可以了。比如，一个甜蜜的微笑，一句感谢的话，在他人遇到困难时，主动伸出援助之手，这些都是很好的回报。

就拿对待父母来说吧，孝心不是等他们没钱了给他们钱，给他们买吃的，不是等他们老了给他们养老，而是要平时尊敬他们，听从教导；帮着做些力所能及的家务；珍惜学习时间，干好自己的事；都是孝敬父母的具体做法。父母给了我们生命，抚养我们长大，并不需要我们有惊天动地的回报，他们是很容易知足的。不要说"十月胎恩重，三生报答轻"，也不要说"心有余而力不足"，更不要说"子欲养而亲不待"，让我们从一句话、一个简单的行动开始吧。

我曾经读过这样一个故事：在一个小镇住着一户贫困的人家，只有一个小男孩和母亲相依为命。母子二人虽然生活困苦，但过得很愉快。有一年，母亲节就要到了，小男孩准备用他攒了很久的打工挣来的钱，买个礼物送给年迈的母亲，以报答母亲的恩情。可没想到的是，这笔钱竟然不翼而飞了。买礼物的计划泡汤了，小男孩两手空空地回到家，羞愧地站在母亲面前，向母亲说明了情况，祈求母亲原谅。母亲没有不高兴，反而一把抱住了儿子，激动地说："儿子，其实你已经给了妈妈最好的礼物了。"

的确，小男孩送给母亲的，是世界上最好的礼物。尽管他一无所有，但他却将真挚的报恩之情给了母亲。而这份回报，既是最简单的，也是最宝贵的。他的精神，值得我们所有人借鉴和学习。

散　步

雨，一直下了两天两夜，直到今天早上才放晴。

清晨，一缕金色的阳光，斜着照进我的房间。我知道雨停了，推开紧闭的窗户，一阵清凉的风迎面扑来，令人神清气爽。

抬头向外望去，碧蓝的天空洁净晶莹，那样迷人、那样纯净。我被闷在家里已经两天了，今天天终于放晴了，可以出去走走了。

吃过饭后，稍微歇了一阵，我和爸爸就出去了，妈妈一个人在家。她的脚发炎了，肿得厉害，一走路就痛，现在每天都挂吊瓶，倒也恢复了不少，但还是不能出门散步。

我和爸爸一路走着，来到了暖阳河边。这条河上，原本有一座大大的滚水桥，是人们经常要过的道。桥是一座好桥，可惜桥墩并不怎么牢固。前些日子，下了一场大暴雨——规模比最近的这一场雨大多了，导致河水暴涨泛滥，把桥的一段冲空了。桥中间的那一部分，行人和一些非机动车辆还可以通过，稍大一些的就不行了。

打那以后，这座桥就变成了危桥，很少有人过。而现在，又经历了这么一场大雨，水位再次升高，桥完全被冲垮了，只剩下两头的水泥路面，还孤零零立在那儿。桥就这样废了，连之前竖在这儿的安全警示牌都被人撤了。

河的两岸，栽了一排碧绿的垂柳，间杂着松柏，看起来有些年头了。那些柳树，长得高大粗壮，像一排排身着绿衣的哨兵。柳树碧绿的长条被河边的风吹得轻轻摇曳，那样轻柔那样美丽。

风里夹杂着湿润的水汽，还有一种清新的味道，是刚下过雨才会有的。即使发大水，也依然有人站在岸边，挥着长长的钓竿，在河里钓鱼。也是，发大水了，鱼儿应该更多，更易上钩了才是。可惜，我的手中既无钓竿，又无鱼饵，自然无法享受垂钓的乐趣。我只能看着他们，真是"坐观垂钓者，徒有羡鱼情"啊。

雨中的世界令人着迷，雨后清新的世界，也同样精彩。如果有空，出来观察一下，也是好的。我庆幸今天下午有这个难得的机会。

花开的声音

好你个"傻丫头"

丫头，我问你，你，还记得三年前，我们第一次见面吗？

对，你应该记得。你的记忆力一向不比我差。

那年，我刚上初一，你也是。

那年秋天，我从乡下来到城里上初中。在刚来的那一个月里，我总是带着一种初来乍到的新鲜感和兴奋感。

9 月 18 日，那个本该放一天假的日子，我们没有放假，而是开始了一场为期三天的军训。当时，你就站在我的旁边，我认识了你。我们一起，经历了三天的艰苦训练。

从最初的冷漠相待，到后来的逐渐熟识，乃至成为挚友，中间经历了一个月的时间。在那一个月里，我逐渐适应了周围的环境，也逐渐走进了你的心里。

你和我有着共同的爱好，共同语言也很多。你喜欢动漫，我也喜欢；你喜欢音乐，我也喜欢。但我唱歌很难听，说句自嘲的话，就像锯子锯床腿一样，让人听了难受，与你相比，简直是一个地下，一个天上。你的歌声那么优美动听，即使没学过声乐，也像天籁之音。说句实话，我那时是真的嫉妒你，嫉妒你有一副好嗓子。不过，你从来没有嘲笑过我，嫌弃过我，从来没有。你总是鼓励我，还给我纠正几个唱错的音。记得吧，我们那时都喜欢看《星游记》。有一次，你和我一起坐在我家的床上，一边聊天，一边观看新出的大电影《星游记》，还吃着零食，开心极了。现在，我又喜欢上了《魔道祖师》，丫头，你能陪我一起看吗？

你一直很傻，傻得天真，傻得可爱，总是咯咯直笑，傻得总是不在乎他人的看法，做自己想做的事，傻得在那一年里，一直把我当顶好顶好的朋友。你总是很活泼，性格开朗，喜欢表现自己。有一次，政治老师要选课代表，要求我们毛遂自荐，结果过了大半天，教室里仍旧鸦雀无声，无一人做出反应。这时，你勇敢地站了起来，说："老师，我可以试一下吗？"老师点了点头。一时间，教室里议论纷纷，大家说你太虚荣，总是想出风头，什么事都抢着干。但是，他们哪里知道你的心思，你的那点小个性，难道我这个老朋友，还看不透？你并非哗众取宠，故意出风头，你只不过是比他人高出一截，敢于站出来，大胆地做自己想做他人不太敢做的事罢了。

受到这样的负面议论，你依然不改本性，还傻傻地继续干出头的事。比如，踊跃报名参加了校园歌手大赛。明知山有虎，偏向虎山行，这就是你的行事风格，简直是一个十足的"大傻瓜"。不过，丫头，我支持你，你的傻劲，我欣赏。给我继续傻下去，听见没有？不论前方的路有多艰难曲折，带着你的傻劲，勇敢往前冲，别拐弯别回头，知道吗？

那次校园歌手大赛，我没有亲自去看，真遗憾啊。转学这件事来得太匆忙，不由你，也不由我。不过，丫头，你没让我失望吧？你在那次比赛中，一定表现很出色吧？你唱歌那么好听，要是输了，我跟你没完！你给我听好了，虽然我转学以后不常见你，但你要是忘了我，我一定不会原谅你的，永远也不！尽管我们只相处了一年零两个月，但你已成为我心中的一部分，最难忘的一部分。

傻丫头，都是因为你，我现在也变傻了，被你传染了，被你带坏了，也成了一个傻子。所谓"近朱者赤，近墨者黑"，这话一点也不假。被你带成傻子了，你打算怎么赔偿我？哦，对了，就惩罚你一辈子都得记着我、想着我，就像我记着你、想着你一样。

转学以后，我经常哼唱你曾经喜欢的歌，偶尔说几句你常说的口头禅，学你的傻笑、学你的天真。在那之后，我又交了许许多多的朋友，但他们都不如你。我这个人，别的啥也不行，但在重感情方面比谁都高一筹。谈到友情，就更忘不了你。你个傻丫头，这一来，就不曾走。

还记得吗？我们曾经约定，以后要继续当朋友，要努力学习，一起考上一中，即使做不成同班同学，也要做校友。可你食言了，真令人生气，但我无可奈何，我没法冲你这个傻瓜发火，也没有资格，因为我也食言了。我去了四中，你去了二中，咱们两个分道扬镳了，都成了大傻瓜。现在的我，仍然见不到你。时光会走，人会变，世事会迁移，但过去是永恒的，无法忘却。

我现在是班里的团支部书记，还当着物理课代表，也算是一个不小的角色了。傻丫头，你呢，不会比我差吧？你那么傻，一定不肯默默无闻的，可别让我看扁啊！

傻丫头，下次见面，希望你变得更傻。啰啰唆唆，本来就不是我的风格，这次就先唠叨到这里吧。到下次见面的时候，我们再好好聊聊吧。说好了，不许变。

糖葫芦穿起的岁月

小时候，我是十分喜欢吃冰糖葫芦的。那一串鲜红的山楂，被一层薄薄的糖衣包裹着，再用一根粗竹签串起，不但模样好看，味道也十分诱人。

山楂是酸的，糖衣是甜的，还带着点焦煳香味，吃起来，酸中带甜，甜中有酸，咬一口，酸甜适度略带香味。如此美味可人的食品，是我最喜欢的东西，一直到现在。没错，即使过了十几年，我依然很喜欢它，喜欢它那酸甜的滋味。

冰糖葫芦不是什么名贵的食品，也不是什么每逢佳节人们必吃的传统食物。它是很久很久以前就出现的一种甜点小吃。卖冰糖葫芦的人，总是推着一辆小三轮车，车上放着一个玻璃柜子，里面盛放着各种冰糖葫芦。记得小时候每次看到冰糖葫芦，我总是吵着要妈妈买一串给我吃，而妈妈也总是笑着答应。不知为什么，卖冰糖葫芦的人，大多数是年纪较大的老人。

八岁以前，一直都是妈妈给我买冰糖葫芦吃，我自己从来没买过。由于内向羞涩，我极少跟陌生人打交道，连向老人买喜欢吃的冰糖葫芦都不愿意。可是，有一天，妈妈突然拒绝给我买糖葫芦了，她给了我两元钱，让我自己去买。我第一次遇到这样的状况，竟有些不知所措，但在妈妈坚定的眼神中，我最终还是独自一人前往了。

站在冰糖葫芦小车前，我半天不敢和那小车的主人说一句话，有好一会儿，只是傻傻地站着，看着里面鲜红得令人垂涎三尺的冰糖葫芦，却不知道怎么说。看着大人带着自己的孩子从旁边经过，一串串糖葫芦被买走，我有些急了。

卖冰糖葫芦的是一位年过六十的老爷爷，他见我一直站在那不说话，感到有些奇怪，便问我："孩子，你在这里站着干吗？"

我的脸唰地一下变得滚烫，肯定红了。我咽了咽口水，捏紧了手里的钱，把脸转到一边，沉默了半晌，才结结巴巴地说："爷爷……我……我买串冰糖葫芦……"

见我这副反应，老人笑了，说道："哎呀，小朋友，买糖葫芦早说不就行了吗！我还以为你站在这儿，是要帮我看着摊子呢！"说着，便熟练地从柜子里取出一串糖葫芦，递给我，又从我手中拿过钱，随后拍了拍我的肩膀，说："小闺女，下回买东西就直说，别愣着了！"圆圆的、红红的冰糖葫芦，嚼在嘴里，竟有与以往不同的滋味。因为，这是我第一次自己买它。

现在，我比以前大方多了，再也没有从前的羞涩扭捏。在大街上见了糖葫芦摊，我会很自然地走过去，从兜里掏出钱，潇洒地递给卖冰糖葫芦的老人："大爷，来两串，要热的！"刚摆出来的冰糖葫芦还带着些温度，很好吃。大口大口地嚼，大口大口地咽，把里面的核吐在手里，扔进垃圾桶，我已练就了一套熟练的动作。

这一嚼，十年就过去了。不知不觉间，卖冰糖葫芦的好像渐渐少了。原本随处可见，现在却难以寻觅。也是，食品产业越来越发达，谁还会固守这一片糖葫芦摊子呢？即便有，也是寥寥几位老人了。在食品种类日趋丰富的当今，能买到一串地道的冰糖葫芦，也算是不易了。最近吃的一次，还是妈妈从城里带到学校的。

昨日，和爸妈一起到沂河边上的一处小广场上玩，正值"五一"假期，人山人海的。爸爸用手指了指前方，说："看，冰糖葫芦！"我顺着爸爸手指的方向看，果然看到了一辆装冰糖葫芦的小车，车前站着一个中年人。我欣喜万分，急忙走过去询问价格。

"三元！"卖糖葫芦的不咸不淡地回答。

"这么贵？"妈妈皱了皱眉头，"嗯……五元两串行吗？"

"可以！"他拿了两串，递给我们，爸爸用微信付了款。

许久未吃冰糖葫芦了，可我一点儿也高兴不起来。那糖葫芦已然没有了鲜红的色泽，透着几分青黄——那山楂，只怕是还没有成熟，就被从树上摘下来了。我从未嚼过如此厚的糖衣，一口咬下去，那层硬硬的糖壳子竟没有碎；再咬一口，终于吃到山楂了，但没什么甜味儿。

两串糖葫芦，妈妈那串吃了一半就不吃了，递给了爸爸。我的那串呢，多少年来第一次有了不想再吃下去的念头。我失望极了，原来有滋有味的糖葫芦，竟落到如此地步。

倥偬岁月，不知日后，我还能不能再找回十年前吃糖葫芦的那种滋味，恐怕很难了吧！

爷 爷

父亲写他的父亲：

明天是父亲的头七。最好的哀悼方式，也许不是流泪，不是上坟，而是记下老人家的点滴，示于后人。

我出生在一个农村大家庭。父亲育有两女、四子，我最小。父亲生于 1932 年二月初二（农历龙抬头的日子），算起来我出生时，他已四十多岁。

记忆中，家庭清贫，为了这个家，他总是日夜劳作，并没有像现在的父母那样有大把的时间陪伴孩子成长。加上我十二岁就离家上寄宿学校，上师范，随后参加工作，仅寒暑假在家，而父亲又没完没了地劳动，所以我和父亲的代沟特别明显。我成家，他也没出过多少力，相反还拖累不少，所以有时候想想挺委屈的，感觉亲情并不浓。

后来，他老了，就跟随大哥、二哥生活在即墨，见得也少了。每年二月二前夕，给他祝寿，都要聚一聚。每每看到四世同堂，儿孙绕膝的情景，心中都颇为感慨。再后来，每见一次，他都好像衰老不少，便多了些牵挂。这份牵挂就是亲情吧，便是血浓于水的最好诠释吧。

今年正月初五，二哥打电话说父亲不能走了，我听后，突然潸然泪下，哽咽到不能说话。

正月二十四，父亲停止了呼吸。

父亲平凡，一生劳苦。爷爷在我出生那年早逝，身为长子的父亲，早早当家了。十几岁就挑山果赶大集，从来没上过学，但却会写自己的名字，认识一些常用字，还能熟练地算账，一口就能喊出结果，这些都是被生活逼出来的。历经战乱，不但保全了性命，还生养了一大家子。在"大跃进"、大饥荒年代，还奇迹般地把孩子拉扯大了。他一生最高的荣誉，是在修跋山水库时得过县级劳模称号，可以说平凡得不能再平凡了。

平凡的父亲去世了。我跟女儿说，你的爷爷，是爸爸的爸爸；没有你爷爷，就没有爸爸，没有爸爸就没有女儿洋洋。你爷爷去世了，我们不能忘了他。没想到，女儿在自习课上写了《我所知道的爷爷》这篇文章，算是替我给父亲写篇悼文了吧。

我所知道的爷爷

爷爷去世了。时间是 2 月 28 日，农历正月二十四早上七点左右。

爷爷已经八十多岁了，而且病入膏肓，身体早已不行，但听到这个消息，我心里还是猛地颤动了一下。

当时已是周四晚上九点多，接近十点了。爸爸躺在床上，见我回来，就把这事告诉了我。还说，如果明天大休的话，让我回一趟老家，参加爷爷的葬礼。我说，不回了，明天不大休。爸爸再没说什么，只是淡淡地吐了句："那就算了吧！"

晚上熄灯后，我躺在床上，试着回忆一些与爷爷有关的事情，但终究没有记起多少。爷爷生前住在离我家挺远的即墨，和他的一些子孙、亲戚住一块。我见他的次数并不是很多，而且也都是小时候的事了——自从上了初一，我就很少去看他了。

上初一那年，有一次，爷爷过生日，我们一家三口开车去即墨。那时我已经学会了玩手机，在路上，在爷爷家里，几乎一直在玩手机。妈妈叹了口气，对爸爸说："以后还是别来了吧，孩子老在这玩手机，再说了，这儿太远，来回一趟要坐好几个小时的车，怪累的。以后她爷爷过生日，你就自己开车来吧！"爸爸答应了。

打那以后，我就再没见过爷爷，一直都是爸爸自己去探望他。但是，我时常从爸爸那儿听到有关爷爷和那边家里发生的事。比如，爷爷的病情啦，爷爷过生日时发生的一些趣事啦，爷爷和家里人发生的一些矛盾啦，等等。

记忆中的爷爷，是个戴着灰色帽子、脸上布满皱纹的老人，大部分时间都坐在凳子上，手里常拿着拐杖，有时会起来走走。在我儿时的记忆里，爷爷是和大大的奶油蛋糕连在一起的。爷爷生日那天，家里人给他祝寿，就吃这个。这个可是餐桌上的重头戏，我小时候特爱吃。吃甜甜的蛋糕之前，一群人给爷爷唱庆生歌，送祝福。事到如今，这些都已经模糊，记不大清了。

但是，有一件事，我至今都记得。有一次，我和我的小侄子董浩宇在一块看电视。我喜欢看电视上的综艺节目，他要看《倒霉熊》，我不让，他就大吵大闹。爷爷撑着拐杖闻声赶来，训斥我不懂事，说我这个当姑姑的，比浩宇大，就应该让着他，不能太自私。我当时很不服气，我想我才比浩宇大两三岁吧，只是论辈分才叫姑，凭什么我就一定要让着他？想是这样想，我还是极不情愿地换了电视节目。但是，几年后，又想起此事，又觉得爷爷说得对，毕竟我是长辈，长辈让晚辈，也是应该的。

爷爷名叫董玉臻。听爸爸说，臻是齐全、完美的意思，好字。爷爷有四个儿子、两个女儿，我爸是最小的。爸爸小时候，家里很穷，常在温饱线上挣扎，但爸爸说："那时都这样，穷是很正常的。"言外之意，大概就是他不怎么责怪爷爷没给他们富裕的生活吧。

我从未见过奶奶，也很少见爷爷。但如果没有他们，就不会有我爸爸，更不会有我。爷爷一生子孙满堂，亲戚数不胜数，也算一种幸福了吧。

如今他走了，我没有去参加他的葬礼，就写下此文纪念他吧。愿他永远在天堂享乐。人死后，一切都会消失，化为虚无，但我愿意相信有天堂，相信他会在那里。信则有，不信则无嘛！

"硬"派女生

——一次自画像

"叮咚——叮咚——"一阵下课铃声响起，一如既往的，一个女生"啪"地把手中的笔扔在桌上，把书飞快地一合，一下子从座位上跳了起来。前一秒还在用心思考、奋笔疾书的她，下一秒就离开座位飞奔了起来。只见她从前门出来，飞快地从一边的楼梯跑了下去，一直跑到食堂门口才停下来。

从中间的大门径直走进去，女生没有丝毫犹豫，一头便扎向了卖拉面的窗口。端着拉面，拿着筷子，找了一个人少的地方坐下。屁股一着凳子，便拿起筷子大口大口地向嘴里扒着面条。一边扒，一边用力嚼，还弄出些"哧溜哧溜"的响声，惹得旁人忍不住看她。一大碗拉面迅速地连面带汤下了肚，女生把筷子用力往桌上一摔，大步流星地在旁人目光注视中走去——她从不在意他人怎么看她，她只做自己喜欢的事。

当时已面临选科分班的局势，学校下了方案，原来的班级会解散，重新编排。班里班外都洋溢着浓浓的伤感的"分别"气氛，尤其是在女同学中间。本来同窗半年多的同学，一朝各奔东西，有点留恋，也是可以理解的，但女生觉得现在大伙搞得这么悲伤，也未免太过分了——仿佛大伙永远也不再见面一样！

女生和别人不一样，她一点儿也不觉得这有什么，她很讨厌这种氛围。被这种拖泥带水的情感绊住脚，一点用也没有！又是一本留言册从后面传了过来，女生有些不耐烦了，她只写了几句："分别，有个啥子好伤心的？下次见到你，姐请你吃饭。甭管吃多少，姐替你结账好了，以后好好学习，别让我瞧不起你，小丫头！"和别人的"长篇大论"完全不同。

后来，又有男生请人写留言，女生直接啥都没说，只是痛斥了他："堂堂一个大男子汉，搞什么娘们唧唧的一套，好好学习，天天向上！"

这个女生一直都很直爽，讨厌有些"娘"的男生——本来就是个大男人，说话做事何必拘谨，大大方方的多好！她很烦那些男生的言行举止，连她这个女生都做不出来的事，男生做了，岂不丢死人（比如撒娇、耍小孩脾气等）！女生从心底里看不起他们。

她的爱好也和别人不一样。从小她就喜欢热血、武打、冒险类的影视，小时候还经常打游戏，喜欢模仿电视中的"武功"，和一般女生有所不同。作为女生，她自然也喜欢帅气的异性，但她更大的白日梦，就是成为一名行走江湖、背着长剑，行侠仗义的女侠——做一个堂堂正正的江湖女汉子。尽管听起来很不现实，但这也正是她的独特之处——和一般人的"帅哥梦"不一样。

对了，那个性格很硬的女生，你要问是谁，答曰：就是我呗，一个普通到不能再普通的女生。

记忆中的星光

黎明时照进门窗的一束微光，冲散了漫漫长夜的黑暗。那个曾被深深烙印在心中的未实现的梦，化成过往的回忆，近在眼前，却永远触摸不到了。它曾是我记忆深海里最清晰的倒影，而如今风一吹，就被无情地揉皱、驱散，化作一团虚影，再也拼凑不了了。

当时，我还是一个涉世未深的小姑娘，对什么新鲜事物都会产生兴趣，甚至沉溺其中无法自拔。有一次，我在好友的推荐下，打开了一本名为《破云》的警匪刑侦类小说。随后，我就被书中那跌宕起伏、扣人心弦的情节深深吸引。主角与邪恶势力展开的层层斗智斗勇、相互周旋的故事，以及同事之间的深情厚谊、团结互助的精神，无一不扣动我的心弦。从那时起，我就对警察这一行业产生了深深的向往，当警察逐渐成了我的梦想。在一日日的憧憬幻想之中，几个大字在记忆星空中成了一颗璀璨光亮的星：我也要当警察！

我很快就把自己的梦想告诉给了爸妈，他们对此表示了支持与肯定。但经过相关查询后，爸妈告诉我：去年山东警察学院的录取分数为579（女生）分，拿我当时的成绩来说，考警察学院着实困难。我说，没关系，我会尽力试试看的。从那以后，我就开始了青春中最为精彩的一段时光，每天发愤学习，告别手机，连那本带我"入门"的小说，在高考之前，也不曾再打开过。

与此同时，我还坚持跑步等体育锻炼，努力把身体锻炼得更好。所有人都看到了我的付出，对此纷纷表示赞扬和肯定。我也以为自己定能取得胜利。那时的我，满心欢喜，浑身上下都充满了热情与斗志，好像成为女警已不在话下。有一次，在大街上，一辆闪烁着红灯的警车飞驰而过，爸爸甚至还开玩笑地说："看，那是你未来的座驾！"

后来，我的成绩一直都不理想，我也渐渐看到了成为警察的希望之渺茫，但我一直不愿放手，不愿接受已经注定的现实。直到高考前一日，我都还在奋力挣扎着想要摘到天上那颗星。然而，我跳起的高度，还是远远不够。高考落幕，成绩落在我眼前之时，失望与不甘，顿时填满了我的整个胸膛。我想再试一次，但是现实告诉我：别再复读了，就这样吧。现在，我被其他大学录取了，开始了一段新的旅程，我想要的工作和人生，已经离我远去了。

如今，回忆起这段岁月，我心中还是会有一丝遗憾，只恨自己努力还不到位。但是，那个警察梦，至少做过我高中时的指明灯，照亮过我的前程，给过我前进的动力。

每个人的青春，都曾有无数个梦。有的人实现了，有的人落空了。作为后者，我失望、悲伤、懊悔，但新的征程还在前方，对我们这类人来说，不管过去留下的伤有多深，未来依旧充满光芒。唯一能做的，就是把这段回忆珍藏在心底，然后大步向前，再去迎接新的射入门窗的微光。

我抬头望去，只见窗外阳光灿烂依旧，分明又是一个艳阳天。

婚礼手记

也许是天赐良缘，让一对才子佳人在人生最美的韶华中遇见；也许是宿命馈赠，让他们在 7 月 25 日这个良辰吉日，有了从此共度一生的幸福；也许是上天眷顾，让他们的婚礼盛大隆重，全场喜气洋洋，座无虚席，整个过程顺利而成功。

我是在父母的陪伴下，来参加这次美满的婚礼的。今天是个艳阳高照的好日子，碧蓝天穹一尘不染，万里晴空点缀片片锦云，宛若一幅秀丽的画卷，昭示着这件人生中盛大的喜事。

婚礼是在一座星级酒店中举行的。四楼大厅里早已摆放好新婚夫妇的照片，新郎是我爸妈同事的儿子，新娘于我则是陌生人，不过无妨，也许以后就熟悉了。照片中，新郎身着黑色西装，洁白的衬衣搭配红领带，颇有丰神俊朗、意气风发的气度；而新娘呢，穿一件齐地长尾白婚纱，头戴纱巾，正灿烂地笑着，眼中似有星辰大海。那美貌，恐怕西施、貂蝉与之相比，也会黯然失色。《诗经》中描绘的"关关雎鸠，在河之洲。窈窕淑女，君子好逑"大概就是他们了。

中午 11 点 58 分，婚礼正式开场。在主持人的祝福声中，台下亲友的热烈掌声中，两位新人在台上并肩而立，面对面深深注视着彼此，仿佛把一生的温柔都倾注在了对方身上。新郎学历很

花开的声音

高，目前也有了稳定的工作，收入不菲。新娘是北大博士生，目前仍在学校深造。宣誓、赠花、互换对戒、感谢父母，直到礼成大合影，整个过程都洋溢着幸福和温馨。上天赋予了他们相识相恋的机会，他们也紧紧抓住了姻缘，把彼此刻在了心上，皆大欢喜。虽不在同一个地区，但命运的红线将他们连在了一起，余生，他们也会相互依偎，白头偕老。

接着，丰盛的菜肴端上了桌子，众人的嬉闹，又为此次婚宴添上了浓墨重彩的一笔。人人激动喜悦，为新婚夫妇献上发自内心的祝福。我也在心里暗暗祝愿他们永结同心，永远忠诚地爱护今生的另一半，不离不弃。人生贵在相逢，百年佳偶，千金难买。"结发为夫妻，恩爱两不疑。""在天愿作比翼鸟，在地愿为连理枝。"望二人今后相濡以沫，珠联璧合到永远。

在一片雷鸣般的掌声中，在幽默风趣的主持人的陪伴下，两位新人的幸福被定格在了摄影师的相机里。那美丽的鲜花，整洁庄重的西服，洁白华丽的婚纱，精心布置的大舞台，将会永远镌刻在大家的心中。新郎是谦谦君子，温润如玉，新娘是"北方有佳人，绝世而独立，一顾倾人城，再顾倾人国"，夫妻间的深情厚谊，会像一簇迎着烈日而生的鲜花，永远炽热而芬芳。

望着那对夫妻，我不由心生向往，心里倏然冒出一个大胆而羞涩的念头，若有朝一日，我也能觅得命定之人，也定会举办一场盛大的婚礼……

游竹泉古村

假日闲暇在家，整日无所事事。

昨日，在爸爸的提议下，一家三口齐上阵，去了沂南的知名景点——竹泉村，进行了为期一日的游览体验。

竹林小桥、清流水车、石屋村落，既有江南风韵，又有现代元素。可以说，此行无比闲适，充满了难忘的逸趣。

竹泉村坐卧在山脚下，凭门票便可入内。网络购票，让顾客感受到了信息时代的便捷、实惠。竹林依山傍水，曲径通幽，着实是一片旅游观光的胜地。山泉跳跃着、欢腾着，钻过一座座古老的拱桥；参差翠竹，仿若利箭一般，直指碧蓝苍穹。那成片的竹林，大块大块地散落在被刻意修饰得古典沉蕴、富有民俗气息的村落中，那典雅、清幽的氛围，令人心生愉悦，这地方简直是现代都市下的一座世外竹源。

沿着山路，我们来到了村落上方一些游乐项目所在的空地上，高山滑草、百鸟园、激情漂流、太空飞船等，一应俱全。但我只参与了一项——体验狙击枪。野外打靶场上，高射炮、冲锋枪、狙击枪等各种武器，吸引着我的目光。无奈，技术不佳，无法精准中靶，结果是十发子弹仅有六发弹击中。凡事都有技巧，看来我还是欠缺了许多啊。

花开的声音

漫步在古典韵味十足的小巷中，可以看到各种手工制成的工艺品，多与当地民俗文化有关，有竹篮、折扇、线织的小包等。在道路两边，各色风味小吃，随处可见。一家铺设着大红绸缎，贴满了大红喜字、红对联的小院，让我产生了浓厚的兴趣——原来是模拟古时成亲的场所。桌上放着的绣着黄喜字的红盖头，穿大红婚服嫁衣的女子，挂着红帐、铺着绣双生鸳鸯花被子的古老木床，都给人一种喜庆之感，仿佛穿越到了古时的婚礼现场。不一会儿，便见那"新娘"头戴红花，梳妆打扮之后，盖上红盖头，在周围十几个穿红衣的大汉、着一身红的媒婆的簇拥下，上了一辆手推车，在敲锣打鼓、一片欢乐喧腾之中，上街串巷，接亲送亲去了。

我有幸在那户"人家"购买了服务，披上红衣、头戴红花，坐在婚床上，体验了一次古代大家闺秀的"当窗理云鬓，对镜帖花黄"的梳妆过程，还拍了微电影。但我毕竟不是红颜佳人，也不是什么待出阁的新娘，也就无法真切感受那种梳云掠月之美妙心境。不过我向来对古风颇有兴趣，也算是一次难忘的体验吧。

汉服摄影是最让我欣喜的。有一处宅院，正房里古典服装琳琅满目。经过精心挑选，我租用了一套成人汉服。服装整体色调为红白相间，上衣主打红色，胸前绣六角形雪花图案；下裙主打白色，镶嵌带花的红色条带，显得人身材修长；腰带黑色打底，绣着白色图案；长袖为白色，袖口双层，同样点缀着小花。红色，寓意吉祥、喜庆，整体风格充满古典之美，我最喜欢。穿上汉服，我穿梭在竹泉村的石板路上，在石屋间、竹林中、古井旁、石碾边，甚至还借了那"新娘"的红盖头，拍下了不少照片、视频，着实做了一回古代的"大家闺秀"。

　　此次游玩，于我是一种极佳的愉悦体验。竹泉村是个风水宝地，我盼望下一次的到访，届时定会再饱享一番竹林山水的美景，感受当地的风土人情，再做一回尽兴而充实的古村落游客。

第三章

海边有约

前生注定的缘，
让我来到大海边，
延长求学这条线。
山东外事，
将是我追逐
职业梦想的摇篮。
我们同呼吸心相连，
让生活丰富多彩，
青春更绚烂。

初见，山和海的摇篮

我来到外大已经有半个多月了。这期间发生了许多难忘之事，但笔墨和时间实在有限，无法一一记录。值此空暇时光，特地写下自己在外大的第一篇文章，追忆刚到学校时的所见所感，也算是对过往生活的一种回顾吧。

山东外事职业大学，是一所民办二本。说实话，考进这所学校，我并不满意，高考失利的愤懑和不甘，贯穿了我整个暑假，让我对这所学校产生了一定的抵触情绪。

九月初，我和爸妈一起来到威海，计划提前会一会这个令我不满意的、未来将要在此度过四年的大学。早已听闻此地环境优美，风景秀丽，是旅游胜地，如今亲临到访，果然名不虚传。学校正门气派而宏伟，高大的门楼两侧平行并排镌刻着两行大字——"为真才实学走进来，为驰骋世界走出去"。门楣上悬一块刻着校名的蓝色牌匾。大门正对着一片宽广的沙滩，旁边还有一望无际的海洋，站在门前，丝丝海风拂面，清凉而湿润，令人神清气爽。

我开始对这里有了一些好感。踏入校门，首先映入眼帘的是望远楼——一座曲形的建筑物。旁边一座高塔，上有球形和锥形饰物。大门两侧有两幅画，蓝色为底色，上面镶嵌着数条金色的盘龙。往东侧走是一座西式风格的建筑，雪白的墙配蓝色的尖顶，有一种独特的美。最东边的一座塔式建筑上，还镶着一口大钟，金色的底盘，黑色的表针。我顿时觉得眼前一亮，这栋皇家城堡一般的建筑，着实美观（后来课堂上，有人开玩笑说这是巴啦啦小魔仙的魔法城堡）。上前询问一位路过的学长，才知道这是汇远楼，我的专业课就在这儿上。

学校占地面积大，学生也多，一路走来，到处都是说说笑笑的人群。穿过宽阔的马路，我们来到了国际交流中心和图书馆之间，透过这两栋建筑，可以望见一座苍翠的山，想必就是乳山了（后来才知道不是）。那日天气阴沉，刚下过雨，空气湿得很。半山腰上挂着一团白色的云雾，云烟缥缈，恍若仙境，美得令人陶醉。我赶紧用相机记录下这迷人的一幕。学校的建筑风格独特，不像学校，倒像景区。食堂有两座，分在东西两侧，分别是"山海间"和"山水间"。名字清新雅致，富有韵味，和周围环境很搭。

外大的运动场所有三处，东侧为篮球场，西侧为两个操场，其一为新修建的，正在搭建主席台和大屏幕。很多学生在主席台上交谈，一片喧闹。东侧的高楼群为学生宿舍，配有电梯。路边有几处小吃摊，散发着诱人的香气（不过我妈说她什么也没闻到，一定是我太饿产生了幻觉）。食堂下的地下超市人来人往，商品一应俱全，琳琅满目。数不清的人来回穿梭，给偌大的校园平添了许多烟火气息。

我正拿着手机拍照，突然间，一只棕色的卡通狗熊闯进了我的镜头。我定睛一看，原来是一位穿着玩偶服的同学。我笑了笑，给这位充满童心的校友拍了张照片，然后对方冲我挥挥手，递过来一根棒棒糖。我婉拒了，但心里还是有些高兴——看来这里的人还是很友好的。一路上，我有什么不懂的问题，就问过路的学长，他们都很热情地给我解答了。

看来，我即将要度过四年的学校，也并没有我想象得那么糟糕。相反，它还十分可爱。我想，我会喜欢这里的。

我们只是来提前看看新学校，看完以后就又回去了。嘴角带着微笑，我离开了校园。临走时，又忍不住四下张望了一下，看到远处的山和海，心里一片明朗。

这里，当真是山和水环绕的摇篮，我人生中一段新的旅程，也将要在这里开始了。

一次深刻的教训

　　我们2022级的学生，比较"幸福"。这一年的军训，因为天气原因变成了两天。这期间发生的趣事也不少，但在这里我只想讲一件印象深刻的事，是关于我们的教官大神的。

　　是的，我们的教官的确是一位"大神"。他二十几岁，身材修长，穿蓝色军装，脚踏黑靴，气质非凡，一看就有当兵的风范。他姓刘，是一名连长，肩膀处有空军标牌。记得第一次见面时，他就对我们展示了军人的严厉——站在队里，目光不能斜，要正视前方，站军姿时不能有其他小动作，队伍要在十秒内站齐，否则重罚。相比其他人，他是比较严厉的一个，动不动就让人跑圈，更有甚者会被罚做俯卧撑。我被他罚过好几次，也吃过不少苦头。对我们而言，他简直就像个活生生的"凶煞厉鬼"。

　　当时学校艺术团为迎接新生举办了晚会，是学长学姐为我们精心组织的。我们围成一个个大方阵，分散在表演场地的四周，以连为单位。学长们的表演十分精彩，但只有几个节目。末了，主持人问我们有没有"社牛"的新生敢上来表现一下，给大家表演个节目。我想也没想，就从一边溜出了队伍，蹿了过去，报了到。这可是让大家认识自己的好机会，能交到很多朋友！何乐而不为呢？于是我做了个简单的自我介绍，并沿着场地走了一圈，唱了一首歌。虽然不是很满意，但也还凑合，我甚至还得到了学长的表扬："这是我听到过的最好听的一首歌！"我心里很高兴。

会演结束后，我们又重新回到原地去训练。在原地站了会儿军姿后，我忽然听见教官大声问了句："刚才谁上去表演了？出来一下！"我一惊，第一反应是太阳打西边出来了，难道这位平常只会教训惩罚我们的"阎王爷"要为我的"勇敢"而夸我？于是，我的眼睛又亮了，三步并作两步地出队，站在了教官面前。但当我看到教官的脸时，我被吓呆了。

只见教官狠狠地瞪着我，脸色阴沉得像八月天下雷雨前的云。我有点不知所措，不知自己又犯了什么事，气到他了。气氛紧张得令人窒息，正当我战战兢兢地不敢吱声时，他开口了。

"刚才，谁让你上去的？"

没人，我自个儿上去的，我想。

"向我打报告了吗？"

"没有。"

"跟导员、导助说了吗？"

"没……"我咽了口唾沫，不知他葫芦里卖的什么药。

"趴下！俯卧撑十个！"他大吼一声。

我大惊，不知为什么，但还是照做了。做完后，他数落了我的过失。

"无组织，无纪律，擅自脱离班集体！这次你是上去表演了，但下次呢？万一你乱跑，出了事谁负责？上去表演是好事，再有这种情况一定要跟组织汇报，明白了吗？"

我点了点头，明白了自己挨罚的原因。不愧是教官，三言两

花开的声音

语就点出了我的过错，让我心服口服。他训得有道理，我虽然有些不服气，但也无话可说。

我们教官就是这样的"大神"。他有时严格得让人不舒服，但有些时候又不得不让人敬佩。他的严肃，他的敬业，他的一丝不苟，都让人赞叹。遇上他这样的教官，既是悲剧，也是荣幸。

虽然相处短暂，但他的形象已深深刻在我的脑海。他让我学会了服从组织，懂得了凡事要向组织打报告的道理，而我也会将这个教训铭刻在心。

"碰壁侠"的三次面试

军训过后，一些组织和社团纷纷在晚自习时上门推销自己的部门，也就是迎新、纳新。大学四年，谁不想丰富自己的课余生活，让自己的大学生活更加精彩？于是，我欣然接受了学长学姐们的邀请，准备面试校艺术团、青年志愿者协会和校学生会三个组织。然而我的面试并不顺利，后来只被青协录取了，其他两个和我无缘了。

我报三个部门，就是为了以防万一，并做好了都录取不上的心理准备。但结果出来后，我还是很受打击的。毕竟，三个部门中，我最想加入的是校学生会。学生会事务较多，是最能锻炼个人能力的一个部门。满怀希望，却被当头一棒，我觉得当时我的心境简直可以用《红与黑》中的一句话来形容："真实，这残酷的真实。"

不啰唆了，先向大家说说不堪回首的三次面试吧。

学校各个部门的应试流程统一为先打印申请表，然后仔细填写，最后去面试。我还记得，当时去面试校艺术团时，因为我曾学过钢琴，所以就报了乐器部的钢琴伴奏。结果在琴房里，具有专业水平的教师在我刚上手扒拉了几下琴键之后，就看透了我的水平——小学学的东西，都在中学阶段消磨殆尽了。老师当场就

花开的声音

委婉地告诉我，觉得我还不太行，进度太慢，需要多加练习，大二再来试试看吧。这是我第一次碰壁，因此之后我都不好意思跟人提起我小学学过五年钢琴的事儿了。

第二次是去青协面试。我匆匆忙忙地准备了报名表，但在到达面试室时，我惊讶地发现某个姓董的马大哈忘了贴上自己的一寸照片！再回去贴已经来不及了，于是我只能先进去面试，祈祷不会被学长学姐们责备。他们问我青协的职责，我之前也没怎么看，自然没答上来。后来学长又让我讲一下自己的缺点，我就说："我这个人吧，平时做事挺粗心的，这不，刚才就忘了贴照片嘛！"他们听了这话，也笑了起来。可能是觉得我性格不错吧，在我没有充分准备的情况下，他们也让我进了。

第三次是面试学生会，这是我对待得最认真的一次。我提前写好了自我介绍的稿子，认真地看了宣传部这个部门的职责。同时准备了初中发表的作文刊物，也让他们看了一下我的摄影作品和新建的公众号。我告诉他们摄影和写作我都擅长，可以担任后期总结工作，同时也可以尝试运营学校公众号。可是，在面对一群穿黑西装的学长学姐们时，我还是有点紧张，自我介绍说了一半，宣传部职责也回答得模棱两可，结果我又失败了。可能也因为我没有及时关注迎新群通知，未及时提交电子报名表，有些说过的事我还问，让他们厌烦了吧。当然，最大的可能，也许还是他们觉得我能力不够吧。

当时，我真的很失落，但后来一想，其实也没啥好遗憾的，就算我是一个名副其实的"碰壁侠"，经历了两次失败，那又怎样？应试的过程，不也是锻炼提升自己的机会吗？我想丰富自身的经历，不一定非要加入组织。这一次次的尝试，不论成功与否，都是我的财富，是我人生中宝贵的经历。

"上帝为人们关上一扇门的同时，也为人们打开了一扇窗。"虽然青协并不是我最想加入的，但谁说以后我不能从中找到属于自己的精彩呢？通过这两次失败，我看到自己还有很多不足，以后我要不断提升自己，我要将今天的失败变成明天的垫脚石。

明天的太阳照样会升起，而我的大学生活还在继续，我的未来仍有无限可能。

第一次在校过生日

我的生日是在 9 月底。本来想趁国庆假期回家和爸妈一起过，但无奈有事回不去，只能在学校过。

爸妈建议我买一个大些的蛋糕，和同学们分享一下，增进彼此之间的感情。事实上，我也有这样的想法，但是我们宿舍的人都说不吃，或许我们之间的友谊还没到与我共享这份快乐的地步吧。只有与我一起学习、玩乐，一起订立目标，一起加油努力的于乐萍和隔壁 704 宿舍的四位姐妹想吃蛋糕。

生日当天，我去学校的蛋糕店，按照自己的口味偏好，定了一个八寸巧克力水果蛋糕，与众人分享了。

蛋糕表面涂了一层巧克力酱，外围抹了一圈花边奶油，上面摆放着草莓、蓝莓和红心火龙果，还插了个 "Happy Birthday" 的小牌子。虽然我现在并不喜欢甜的让人发胖的东西，但生日一年只有一次，有些仪式还是要有的，何况这是一个精致美观的蛋糕，很容易勾起人的食欲。

我先去了 704 宿舍。那四位姐妹热情得很，让我戴上生日皇冠，与我拍照留念，还一起为我献上了生日歌，分蛋糕时还让我这个寿星优先。吃完蛋糕后，她们还给了我一大包好吃的，当作我的生日礼物，有各种零食，还有一个红心柚子。我觉得有她们这些善良大方的好同学，真是我上辈子修来的福分。

那天，于乐萍笑着和我开玩笑说，作为生日礼物，她可以勉为其难地和我合张影，还说这是我的荣幸。当时我也笑着说，哪里哪里，你说反了，和我合影，分明是你上辈子拯救了银河系才换来的。当天下午青协拍摄国庆宣传片，我们一起去了，就一起留了个影。

当然，玩笑归玩笑，礼物还是要有的，后来，她给我送了一盒自热米饭。

每次生日，当然都少不了要买喜欢的东西送给自己作为生日礼物，这次也不例外。我在网店里给自己挑了一个穿中式红嫁衣、戴着头饰的新娘娃娃，我一直都很喜欢这种富有古典韵味的东西。

那个娃娃属于"良辰美景不问天"系列中的一个，这命名挺别致。她的头饰是两朵带着吊穗的红花，衣服上绣着各种装饰图形，袖口和裙摆呈蓝色，十分漂亮。她的神态也十分传神，眼睛是轻轻闭着的，嘴角挂着笑，脸颊上有两团淡淡的红晕，我不由想起之前看到的一首小诗："新妇娇媚欲语休，低眉垂首眼波柔。红纱掩面遮娇笑，请来郎君掀盖头。"用来形容她，当真十分适合。

总之，这个快乐美好的、由同学们陪我度过的生日，也算是我大学生活中的一抹色彩。我也意识到了身边的每一个人都值得珍惜，我会和别人敞开心扉，真心相待，争取交到更多的朋友。

我会将它珍藏在我的记忆里，就像是在河岸边的沙地里埋下了一颗珍珠，日后可以随时挖出来观赏。

花开的声音

我眼中的学长们

转眼间，我来外大已经一个多月了，这期间我遇到了各种各样的人，先来谈一下令我印象深刻的学长学姐吧。

我们班的助导是两个身材苗条、清新脱俗的大美女，她们不但长相美丽，而且待人十分热情，没有一点架子。不论你想问什么，她们都会很耐心地给你解答。空闲时，她们与同学们打闹成一片，是大家公认的好学姐。其中一位学姐，来自山东临沂，和我算是半个老乡呢。她们说话也十分幽默风趣，在同学中人气很高。我一开始管她们叫"学姐"，后来看她俩十分好相处，便干脆叫"姐姐"了。她们则叫我们"宝""baby"，深受我们欢迎。我的写作水平有限，目前描述不出她们的好，只能先说到这了。

还有一位特别好的学姐，是我们青协宣传部的干部。我只见过她一两次，也没怎么记清楚她的长相。青协第一次团建时，有一个戴着黑色圆眼镜，扎着两个小麻花辫子，模样十分可爱，活像一个洋娃娃的美女，应该就是她（如果我记错了，还请当事人原谅我一次，不要打我）。我和她的交流大多是通过网络，我觉得她和我们助导一样，是个亲切热情、好相处、讨人喜欢的人。你给她发什么消息，她都会回。我没记错的话，第一次见她时，我还咨询过她有关四六级英语考试的事，她也跟我简单讲解过。

那次拍国庆视频，我们也交流过不少东西，后来我跟她混熟了，她还叫我"宝"呢。

记得我第一次参加团建时，还认识了一位相貌俊俏，风趣大方，穿着绿衣服，头发有点卷的学长，也令我印象深刻。当时我还特意问过别人他是谁，那位姐妹也告诉我了，但是没多久，我就忘记了。他和之前我提到的三位学姐一样好，是个待人热情而又潇洒的人，给人一种很舒服的感觉。那次团建，他主持活动，还出了不少主意，带着我们一起痛痛快快地玩，让我有了一次愉快的经历。在传沙包过程中，由于沙包两次经过我手，所以我上了两次场，第一次是自我介绍，第二次表演了一个舞蹈《囍》。虽然那个舞蹈我还没怎么练会，但他还夸我跳得真好。无论是谁，被表扬了心里都会高兴。他还是一个幽默有趣的人，常和我们开玩笑。比如，玩萝卜蹲时，他故意坑我们说："0 个萝卜蹲！"我不知道他的名字，只知道他是一个干部，但是他已经认识我了。后来他和李姐姐提前走了，我还挺失望，又玩了一会儿，觉得无趣了，就也离开了。

还有一位学长，给人的感觉，就没有那么好了。

他是我们实践部的副部长，也是我们环境保护小队的队长，是我们的直属上司，他给我的印象起码到目前为止，不是很好。虽然我和他的交流并不多，但是我不太喜欢他。有一次青协要求上交活动策划案给他，他接收了我发的文件后，并没有给予回复。我看到的只有屏幕上一行冷冰冰的大字："对方已成功接收了你的……文件。"要是我们助导，一定会回复"好的，收到了，宝"之类的。再不济，也会给我回复一个 OK，可是他什么也没发。

花开的声音

还有一次，我去新食堂领青协的工作马甲，在那儿碰见他，他只是冲我摆了摆手，招我过去。他似乎认识我，也没问我的名字，简单一翻，就一声不吭地把马甲递给了我。之前我友好地和他打招呼，说："学长下午好！"他只简单地回了个"嗯"，表示他听见了。后来我跟他说"谢谢学长，学长再见"，他也不吭声，一副冷淡样。我不知道他是不是对别人也这样，反正，他给我的感觉，就是冷冰冰的，不太讨人喜欢。

　　先说到这儿吧，毕竟不同的人有不同的性格特点，我也没资格对别人妄加评论，我只是浅谈了一下我眼中学长学姐们的形象。我想和他们多交流，争取成为他们的朋友，希望他们能给我这个机会。

两件趣事

大家好，本周，我又来更新日记了。这次，想跟大家分享我日常生活中的两件趣事。

（一）"出卖"朋友

上周六，我有幸参与了我们青协组织的"仙人桥海滩清理"活动。

说是清理，实际上垃圾并不多，劳动量也不大，相当于在海边玩了一个下午。"仙人桥"景点也没啥好看的，就是一座曲形石桥，但是大家集体玩游戏，很快乐。

我们先在望远楼前集合，在那里，我碰见了之前我提到的那位绿衣卷发、十分开朗有趣的学长。此时我已经知道了他的职务……我比较喜欢和学长学姐们打交道，便上去同他打招呼，意料之内，他回应了。

我说："学长哥哥，我有两个朋友，××和××，都在你们队，你知道吗？"

"嗯，知道。她们都是你朋友？挺好！"

"我们这次坐车去吗？"

花开的声音

"坐车，多没意思！我们走着去，还能看看风景，聊聊天啥的，多好！反正你们大一学生体质好，不像我们，到了大二，就不怎么运动了。"

我是一个心直口快的人，有时说话毫无遮拦（这是我的一大弱点），我不假思索地接话道："学长哥哥，你知道吗？我朋友××，还跟我说过，她可喜欢他们队长了呢！"

他当时一下子没能接得上话，腼腆地笑着，似乎很不好意思。旁边一个女生还起了哄，我这才意识到自己说错了话，我"泄露"了朋友的秘密。虽然不是那种令人羞涩的喜欢，但她可能也不想让当事人知道，毕竟这事，不论是怎么被捅出来的，都挺令人难为情的。

事后我告诉××，并和她道了歉，但她还是说："糟了，这下子，我都不好意思再见他了！"

我安慰她说："没关系，你们队长人气很高的，我也挺喜欢他的，哈哈。"

××："……"

（二）美丽的误会

上次我在日记里提到过我们队长陈鑫。当时我觉得他是一个冷漠的人，但后来加了他微信后，跟他交流了一下，才发现，他是一个比较温暖的人，是我错怪他了。

他可能平时比较忙，没能及时回复消息，但他只要事后看到了，就一定会回。他夸我舞蹈跳得还不错（我知道自己几斤几两），还鼓励我继续好好练，还亲切地问我平时都在忙些啥，有什么问题可以随时问他，像一个大哥哥。

我说，也没忙啥，就是玩呢。陈队要是对我的舞蹈感兴趣，改天给你发个视频。可以啊，等你排好给我看，下次部里有表演的时候，你上台表演也行，他说。

原来，是我误解他了。后来，我为了消除上次日记里他那个不好的形象，不让我周围的人因为我而继续误会他，我特意把聊天记录截下来发到朋友圈，并说明了一下，我们队长其实人很好的。但是不一会儿，我觉得这是个人隐私，不宜公开，就删了。没想到，这段记录还是被人看见了，还衍生出了一段意外的小插曲。

次日中午，我在路上碰见四班的两个女生。虽然我不记得她们的名字，但她们拿我当朋友，还经常热情地跟我搭话。没想到，这一次，她们一见了我，就压低了声音，神秘兮兮地问："董洋，上次是谁说喜欢看你跳舞啊？"

我有点莫名其妙："哪里？没有人啊！"

"我都看你发朋友圈了！陈队是吧？"

"是，但是他只是说我跳得不错，没说喜欢看我跳舞啊！你们也太牵强附会了吧！"

"快拿出来给我们看看！"

"额，好吧。"我犹豫了一下，还是拿出了自己的手机。

她们翻看了我和我们队长的聊天记录，还相当冒失地打开了我们陈队的朋友圈，看他穿黑西服的照片。我有些生气，说："你们干吗！有点分寸行吧？！"

她们并不理会我，有个女生说："你部长？"

"队长。"

花开的声音

"这不长得也还行嘛!"

"对啊,怎么了?"

那女生突然凑近了,问我:"那你觉得他怎么样?"

"挺好的。"我笑了笑。

她们对视了一下,我突然意识到了好像哪里不对,就说:"你俩在想啥呢!那可是我们队长,而且他很可能已经有女友了好吗?"

"什么!"她俩的笑容顿时凝固了,我知道我猜对了。

我不想怪她们,但是我觉得有点委屈。我对学长哥哥们并没有那种想法。

"哼,我生气了!"那女生不明局势,先抱起了手臂,装出一副气鼓鼓的样子。

"你这属于无理取闹,知道吗?"我有点好笑。

"哼,我生气了!"

"那你就气着吧,我觉得我并没有说错什么。拜拜,下次见。"我挥了挥手。

趣味小剧场

（一）

一天晚上，我、小张、小于三人一起走在回宿舍的路上。走着走着，小于突然毫无征兆地伸出手用力拍了一下我的后背，然后死死地掐住了我的胳膊，掐了好一会儿。

我大惊："你发啥神经！疼死我了！"

小于："你踩我脚了！"

我："……"

小张当时在说话，我没有打断她。等她说完，我就抱怨说："完了，你说说，这日子可怎么过呀？身边有一位暴脾气的大爷，迟早有一天我要被活活掐死！"

小于头也不回，冷冷地说："那你趁早去买个保险吧！"

我："胆敢扼杀祖国的栋梁之材，行啊你，你迟早会遭到天谴的！"

说着，我装模作样地发出了哭泣声："呜呜呜呜！"

小于："你再给我装！"

我吓得闭了嘴，生怕她这个"粗人"再动手。

花开的声音

（二）

我和小于都是青协实践部的，前两天一起去参加第二次全体大会。会前，疫情防控队队长要求我们到会议室前面的讲台上签到。当时，小于坐在座位上，正低头玩手机，闻言头也不抬地说："董洋，你去帮我签吧！"

"为什么？你自己怎么不去？"

"不想动。"她吐出这么三个字。

我："……"

好一个充足的理由，我竟无言以对！

"你不是想看我们队长吗？正好，给你一个机会，你找他帮我签到！"

"我哪有？再说，你们队长跟个电线杆似的杵那儿，我一抬头就看见了，还用过去吗？"我反驳道，顿了一下，接着说："不行啊，你们队长认识我，知道我的名字，我总不能屁颠屁颠地跑过去，说，'队长，我是于××，我来签到了！'吧！"

"你就说，我脚扭伤了，疼得没法走路！"

我被她这个强势的借口震住了，眨了几下眼，才接上话："你没毛病吧？真这样的话，你怎么来开的会啊？我能直接告诉王队长，说你瘫痪了，在宿舍床上躺着吗？"

"我掐死你！"

……

（三）

众所周知，我们导员是一个幽默风趣、亲切和蔼、平易近人的人。

他教训起人来也比较有趣。有一天早上，在操场上，我们排队等跑操，有两个男生不大守纪律，一直在后面嘀嘀咕咕地聊天，我们陈导就走过去，打算训他俩几句。

这时，天空中正好飞过去一对鸟儿，掠过众人的头顶，亲密无间，应该是一对"夫妻"。我们导员抬头看了一眼，便趁机开玩笑说："你俩就跟天上的鸟似的，相敬如宾，相濡以沫呀！"

那两个男生被他一下子说得不好意思了，便沉默了，不再说话了。

（四）

我最近加入了一个名为倾音声乐团的社团。社长是一位生得俊俏，嗓音也悦耳动听，唱歌水平很高的男生，只是还不知道人品如何。

昨晚社团有活动，大家一起聚在操场上唱歌娱乐，我有些期待，特意问他去不去，他说去，我就回了句俏皮话："真好，可以听帅哥唱歌了，哈哈！"

结果没回复我。

等他上场后，我特意给他录了个小视频，一方面欣赏，另一方面，我想借机逗逗他，进一步试探一下他好不好相处。

今天早上，我给他发 QQ，并附上了我录的视频："社长哥哥，我想把你唱歌的视频发朋友圈，想问你本人愿不愿意？"

他回复道："NO！这么拉，你发啥？！"话说，"拉"是啥意思？很差吗？

我对他这个回答感到好笑，强忍住说："好吧，我明明觉得很好的。"

他回道："下次下次！好好唱再发！（敬礼）"

我回道："OK！"忍不住发了个哈哈大笑的表情。

结论：社长哥哥是个有趣又有点可爱的人，只是有时候可能没有太多空闲时间。

倾音声乐团

　　上周五，我们学校的各个兴趣社团在篮球场招新。我本来无意加入，但后来又想着再丰富一下自己的大学生活，就过去转了一圈。

　　当时，操场上的社团和大一新生特别多，十分热闹，但是我只选择了一个"倾音声乐团"。虽然我唱歌水平很低，但我也把唱歌作为爱好之一，加入社团，我还可以向别人学习一下。

　　上周六晚上，社长在群内宣布召开第一次社团会议，需要各位成员准备三分钟左右的才艺展示，并做简单的自我介绍。开会时，来了很多人，我是和我的三个朋友一起去的，坐在后面的位置。会议室前有一个讲台，我去的时候已有三个人站在那儿。坐定之后，我便将他们仨仔细打量了一下，发现这三人各有特点。

　　我的第一印象是：他们均为男性。有一个穿红衣的男生拿着话筒，明明是秋季却还挽着袖子，衣服宽松。他皮肤白皙，五官端正，戴一副眼镜，给人一种清秀俊朗之感。没有哪个女生会不喜欢长相姣好的异性，所以我对这红衣哥哥印象不错。

　　另一位红发黑衣的哥哥给我的印象堪忧。说实话，对别人的品位妄加评论是不礼貌的，但他那副模样，我很反感。他把头发染成鲜艳的红色，有一种怪异的招摇感。也许他本人觉得这种发

花开的声音

色非常拉风、时髦，但在我看来，却有一种阴阳怪气之感。说句不好听的，正常人会有这种癖好？这人不会是个反社会青年吧？我以为这种火红头发的男生只有在漫画里才有，没想到还能在现实中遇到，但并不好看。他还戴着一串白项链。后来有一次，我近距离观察他，发现他耳朵上面还有四个银色耳环，这简直颠覆了我的三观，我这个女生都不愿意戴这些东西的，这就显得他更怪异了。

还有一位黑衣短发的哥哥，特征并不明显，只是打扮得看起来很酷。

以上，只是我对他们的初印象。

等我们人都到齐后，他们三个轮流做了自我介绍。原来，那位红衣帅哥是我们社长，另外两个是副社长。那位黑衣短发、很酷的"哥哥"——原来是我看错了，当她开口说话时，声音不似男音一般低沉，而是较为清脆，我才知道，人家是女性，我却把她当成了男性！可这也不能全怪我，谁让她打扮得像一个男生呢？

在我们轮流上台唱歌的时候，他们三个一直都在旁边，听到好听的、熟悉的音乐，他们还会跟唱，果然是热爱音乐的人。不过他们把话筒留给了社员，他们唱啥，我也听不见。那位社长哥哥热情得很，每上来一人，他都微笑着看着对方，以示鼓励。遇到胆怯的女生，他会耐心地多说几句鼓励和安慰的话。那笑容，给人一种既温暖，又迷人的感觉。

我们社团唱歌好听、有才艺的人，确实很多。等我们都表演完后，社长哥哥问我们还想听歌吗，可以点。几个女生便趁机大喊："社长，来一个！"他便拿起话筒，唱了首歌。他唱歌的姿态和动作，也很特别，我专门观察过。别人唱歌双手握话筒，他是右手握话筒，左手随着音乐的节拍作有规律的摆动，左脚还随节奏有规律地点地，双眼轻闭，一副特别专注的样子。另两位副社长歌声也很动听，但都不如他。他的嗓音很好，似乎是老天爷赏饭吃。

后来在操场上，我特意找过他。但我这个人忘性大，不知道这位戴黑眼镜的人是不是他，但他上场后拿话筒的动作让我确定就是他。

总之，我印象最深的还是社长哥哥，听他唱歌，是听觉和视觉的双重享受。希望这个社团以后能给我带来一些惊喜，就像青协一样。

注：最后，说一个小八卦，增加一点趣味吧。我觉得我们社长哥哥有点天然呆。有一次我要问他个事，不经意点开了他的QQ主页，发现有个匿名留言说："请问你是喜欢长发女生，还是短发女生？"当时我就在想，这肯定是哪个暗中心仪他的姐姐给他留的，毕竟像他这样的人肯定有追求者。他先是回复了四个大大的问号，一副不明所以的样子，才做出回答。这种事，我这么单纯的人都知道，也不知他是装傻，还是真的有点呆，不懂对方的意思。反正，有点好笑。

花开的声音

青协——我心底的光

　　一天中午，我在食堂遇到两位专升本的姐姐，并和她们聊了一会儿。聊到有关部门和社团的问题，其中一个说，这些东西其实一点用也没有，她之前参加过青协，感觉除了增加了一些负担外，没有任何用处。还说，青协是一个捡垃圾的组织。

　　她之前说的话，我都可以接受，但唯独这句，让我很恼火。事实上，我的脾气一向很好，能让我生气的事真的不多。她一个与我素不相识的人，居然成功地点燃了我心里的爆竹，也真厉害。之前我跟她是笑着聊的，但此时我脸上的笑容褪去了，定了定神才没有抬高自己的声音。我定定地看着她，说："这位姐姐，我也是青协的，我不知道你的看法为什么这么片面，但至少我觉得，我们青协的活动，远不止'捡垃圾'，而且，我还认识了一些特别好的学长学姐，他们对人都挺好。"

　　"他们毕业以后就不会再跟你联系了。"她接道。

　　我没有再跟她说话，我觉得，她要是执意这么想，我们也没有继续交流的必要了。她后一句话说得对，但我也很感激我们青协的哥哥姐姐们，至少他们也曾给了我一段美好快乐的回忆，比"捡垃圾"有意义得多。记得第一次开会时，主席高姐姐曾教过我们，碰到有人说青协就是个"捡垃圾的"，该用青协的存在意义、服务宗旨和精神来反驳对方，但那些我都没记住，我的口才也不好，当时我能想出来反驳她的，也只有以上这些了。

说起来，我来到这个陌生城市上学，能让我感到温暖的，除了身边的老师、朋友外，就属青协这个大家庭了。青协的活动很丰富，给了我不少愉快的经历。其实，别人给我的哪怕一丝温暖，都会令我感动。我比较喜欢结交一些高年级的哥哥姐姐，我们青协的干部，就都值得我去珍惜。

记得上次去仙人桥之前，我主动跟一位姐姐打招呼，她问了我的名字，还夸我的名字很好。她还问我是哪个小队的，我还未开口，一位漂亮清秀的姐姐就替我回答了。我有点意外，那位姐姐我并不记得，可她却认识我。疫情防控队的哥哥告诉我，那是部长陶姐姐。

陶姐姐不但人生得极美，心地也很善良。一次，在微信群里接到开会通知，我讨好般地说，哥哥姐姐们开会，不吃饭也得好好听完啊！她回复道："该吃饭还是得吃，身体最重要！"并回复了一个微笑的表情。会上，她还祝福我们，希望我们在以后的日子里越来越甜，学习越来越好，愿我们在青协度过甜甜的一年。

我有些健忘，经常记不住别人的名字和面孔。有一次，在食堂，看到一位戴眼镜、体形微胖的学长，觉得眼熟。我想了一会儿，才记起他好像是实践部的一位干部，就跟他搭了句话。没想到，他一张口就说出了我的名字，我有点尴尬，我都不记得他了，没想到他记得我。他说没事，因为我平时在青协表现比较积极，于是就记得我了。我只好笑笑。

记得别人的名字是起码的尊重，这方面我做得不行，但青协的干部一直做得很好。

我们队长哥哥身材修长，常穿一件挺适合他的黑衣服，我一开始觉得他对人冷漠。后来，交往多了，才发现，他人很好。有一次，我还大胆地跟他开玩笑说："队长哥哥，我发现你这身高，不去打篮球，可惜了！"

申姐姐平易近人，开朗有趣。当初问她加微信可以吗，她回答"当然可以啊"！我刚加过去，她就叫我"宝儿"，让人觉得亲切。她比较开放，什么都愿意跟你聊，没有一点架子。她说拍合照显得她脸大，老丑了，还羡慕我的发量多。其实，她可漂亮了，上次大合照没有她，少了一个大美人，很遗憾。

青协的许多人，都记得我，我也记得他们。我还记得许多温暖的瞬间，包括每次大合照上众人的笑容和各式各样的姿势，第一次团建时徐姐姐给我的气球，上次写活动策划案时队长哥哥安慰我的一句"辛苦啦"……一切的一切，就像一束束微光，照亮了我的心房。

青协的美好，本身就是冬天的太阳。我们所有的欢笑与付出，都不是一句"捡垃圾"能概括的。每个人都在为青协努力，这样的组织，怎能不令人由衷地喜悦和骄傲呢！

我在青协的日子，就如陶姐姐说的一样甜。这一年，青协给了我不少财富，希望下一年，下下一年，我都能留在青协，让自己的大学生活，因为这个有温度的大家庭而更加精彩！

我想告诉你

　　这个公众号（初期名为"一个外大女生的生活日记"，现改为"小董的大学时代"），说白了就是一本我这四年生活的备忘录。

　　我身边的人里有才能、有本领的特别多，唱歌、跳舞、乐器、书法，擅长啥的都有。我也想培养自己的一技之长，"一个外大女生的生活日记"就出现了。其实，这是比较冷门的特长，可能没有多少人愿意抽出时间来看我的公众号，但我还是想坚持。另外，我没想到自己的日记会被青协干部们重视，一直以来，都是我在敬重他们。在此，我必须向他们表示衷心感谢。

　　我开公众号的事，其实是从我爸那儿学来的，他的生活经验与写作水平远胜于我，我写的东西，在他看来就是幼儿园小朋友写出来的。他的公众号叫"读写园"，感兴趣的可以搜一下，这属于"女承父业"。

　　其实，和同龄人相比，我的写作水平一般，只是写作频率高了点。还记得青协的一位女生（干事），出口成章、妙语连珠。我写东西都要思考一下，但她几乎不用思考，一开口就是一大段。记得之前她参加关于青协团结友好的演讲比赛，她说的话特别有文采，就像提前准备了稿子，让我佩服不已。

也许我的日记只是别人的笑料，但我会尽力提升自己的水平。总有一天，我会让自己的公众号不需要"打广告"也深受大家欢迎。

闲聊一刻

我跟外大之间的关系，可以形象生动地用《破云》中的一句话来描述："你我本无缘，全靠我砸钱。"这所学校唯一的缺点就是东西贵，消费高。就拿我上次买苹果来说吧，我在一家店买了五个苹果，花了十七元，要不是已经吃过了，我都要怀疑苹果里是不是藏了钻石。

也许我不会记得谁对我差，但是我一定会记得谁对我好。最近在新食堂吃饭，常遇到上次提到的那位戴黑眼镜、有点胖的青协学长，原来他每天都来这儿，是在这儿十兼职的。我去他所在的那个窗口打饭，他总会额外送我一点东西，比如玉米、蒸饺之类的，令我欣喜、感激。我愈发觉得能结交上青协的哥哥姐姐们，真好。我问过申姐姐这位哥哥的名字，之后就常和他打招呼，有时还聊几句。他人也很好，有一次还问我吃的啥，没吃的话，他再给我弄点。我笑说："不用了，谢谢王××哥哥！"

上周六晚上，大一新生在操场上举行了迎新晚会。那次晚会的节目十分精彩有趣，令人难忘，我很喜欢那种热闹的氛围。各个艺术团的哥哥姐姐们，还有各个社团的代表们，足足准备了两个多月的时间，为我们上演了一出美好的视听盛宴。晚会六点开始，我想到青协的"长辈"们平时对我的好，便想同他们一起分享我的快乐，邀请他们过来参观。我给一些有联系方式且打过交道的"长辈"们发了同一条消息："××，今天晚上有空吗？过来凑个热闹呗！我们迎新晚会（笑）。"

不一会儿，他们就给了我回复，萌姐姐、陶姐姐欣然同意，表示过会儿就来，申姐姐有更令人羡慕的活动——她和舍友去城里聚餐吃美食去了。队长哥哥日理万机，周六晚上都没工夫理人，至于王××哥哥，都不用我邀请，他早来看了。

本周一，我们青协举办了一场"三行情书"活动，可以把情书写给自己所爱的任何人或事物。我们青协一有活动，我都会发在朋友圈和班级聊天群，以支持我爱的组织。我的这封情书是写给爸妈的："你们带我来到这精彩的世界，又助我成长，让我飞翔，我将永远感激、深爱你们，爸妈。"

后来，我又参加了线下活动，把这首小诗写在了便利贴上。我跑去老食堂门口，老远就瞧见了我们穿红马甲的志愿者，还有队长哥哥。说起来，之前也没注意到，我们队长哥哥身材修长，在人群中这么显眼，与周围人一比，真有点鹤立鸡群。我隔着一段距离，笑着冲他招手，但他在忙，只是冲我点头嗯了一声。萌姐姐和王××哥哥一块，在一边维持秩序。我跑过去跟他们打了招呼，发现王××哥哥戴了一顶小羊羔造型的帽子，特别可爱。原来有童心，喜欢可爱东西的，也不止我一个啊。我有一顶粉色的兔耳帽，上面有可爱的小兔子表情，之前常戴。

有一次，思政老师邀请我们上讲台讲一讲"如何过好自己的人生"，我自告奋勇报了名，但是事后几周都没有思政课，我忘了准备，只能即兴发挥。为了那次演讲，我把自己的"老底"都捅出来了。我告诉同学们，我曾经有一个梦想，就是希望将来有一天，能考上军校或警校，成为一名军人或警察，但是被高考成绩打败了。我想用自己的真实经历告诉同学们，过去的失败并不可怕，可怕的是你从此丧失对生活的信心，一蹶不振。当时，高考成绩出来以后，我觉得我是这个世界上最难过的人。但是生活还是会继续，如果我一直沉浸在过去的遗憾里，就不会有今天这个积极乐观、满脸笑容的董洋了。而且我这个人"野心"比较大，就算失败了，我也还有很多新的目标想要去实现。我相信，我是一只振翅高飞的凤凰，而不是树枝上的麻雀。

　　我告诉同学们这些，是为了鼓舞他们，为自己的演讲增色，事实上，老师也给了我好评。但是还有一些事，我没有告诉他们，比如我那段时间拼命地学习和锻炼身体，还有为此做过的视力矫正手术——那个老难受了！如今回忆起这些，只会让我心酸。那个没有实现的梦想，是我心底的一道疤，如今我连这个都可以告诉众人，那还有什么，是我做不到的呢？

自画像

　　本人年方十九，是一个长相平庸甚至有些丑的女生。优点是性格开朗乐观，曾被人评价为"像一轮太阳，能让周围的人感到快乐、温暖"。但我感觉对方是在奉承，因为我并没有那样的影响力。我喜欢同周围的人打交道，和很多人交朋友，但在为人处世与沟通交流方面仍存在一定缺陷。有时候很想跟别人聊，但找不到话说。

　　我身上有一些男性才有的特点，比如大大咧咧，神经大条，说话直白，不喜欢矫情；做事不仔细，粗心大意，凡事看得很开，不把一些鸡毛蒜皮的事放在心上，不喜欢背后议论人，也不希望别人在我面前对其他人说三道四；讲义气，谁对我好，我就能把心窝子掏给对方；我很大胆，别人对上级毕恭毕敬地叫"学长学姐"，我"哥哥姐姐"叫得很欢；我非常喜欢表现自己，不放过一切"露脸"机会。所以认识我的人比较多，朋友也多，一些别的班的人也和我熟。我也有女性的特点，比如喜欢英俊的异性和可爱的小动物。

　　我这人比较天真，从小在父母身边长大，他们什么事都想为我做，导致我缺乏生活经验，常做错事或处事不当，也请各位海涵。别的女生非常讲究卫生和个人形象，我是不大上心的，我的东西，也很少摆放整齐。

我身上的一些习惯，也颇有些中老年人的气息。比如为保护眼睛，把微信、QQ的字体都调大了，公众号上的日记也使用大字，给别人带来了一定的不适应感。还有，我不大接触网络世界，也很少看电视，导致信息量少，有点跟不上时代。我不玩抖音、快手，连"表白墙"都不知道，一些流行的卡通形象比如"兜兜猫"之类的也没怎么听说过，更不关注明星八卦。近来流行的段子和梗，我也知道得不多。

我是一个清心寡欲的饮食者，不吃零食，不吃糖果，不吃甜的易发胖的东西，不喝奶茶、碳酸饮料，也不希望有人给我这些东西，不为减肥，就图个健康。其实我现在已经开始注重养生了，一些不好的、不利于身体的习惯也被我扔了。我注重荤素搭配，爱吃水果，经常锻炼身体，一天跑步三次，不能少，所以我体质较好，上次跑八百米还跑了个第二。有一次，我甚至还买了枸杞、红糖，泡在保温杯里喝，也吃一些干桂圆。早睡早起，不熬夜，像一个中老年人。

待字闺中，目前尚没有男友。说实话，那个要一起过一辈子的人，我是不会轻易做出选择的，目前仍处在漫长的观察期。但为了满足有些人的八卦心，我跟你说个我对伴侣的初步要求吧：和我一样开朗大方，有幽默感，善良有同情心，不大吵大闹，有素质，别乱吐脏字。有上进心，学习态度端正，能一起进步成长，不打游戏，不抽烟喝酒，多才多艺，对人好，和我一样甚至比我还优秀。还要有梦想并为之奋斗（画外音：你要不要脸啊，谁给你的自信），年龄差距不能太大，长相倒不太重要。

先说这些吧，哈哈哈！

有趣的青协活动

　　周三下午，我们青协在操场上举行了一场盛大、有趣的活动，名为"天空有雨，伞下有你"。表面上是艾滋病防控教育，实际上就是一场游戏。我们青协的朋友，平时报名参加活动执勤，就像百米赛跑一样争先恐后地抢，我好不容易才有了一次出勤的机会，很是珍惜。

　　我先去参加了一场艾滋病防控的专家讲座，然后才去了操场。操场上已是人山人海，那热闹的氛围，令我愉快。各位参与者在网上报名，随后在现场扫码签到领取学时与卡片，参观与艾滋病有关的展览，集齐六个印章后，去兑换六个圈，可套奖品。

　　扎了两个麻花辫子的高姐姐在操场上，指挥众人忙这忙那（她是一个特别体贴的人，昨天我邀请青协干部去参观晚上的草地音乐节，她还提醒我多穿点衣服，不要冻着）。我的任务是在签到处，把自己的手机放在桌子上，打开签到二维码，让大家扫，然后发卡。签到二维码是王××哥哥发给我的，我事先没有加他，当时才加，他还故意装生气，训我说："怎么早不加，非得有事儿才加是吧?"但是嘴角却带着一丝笑意。

　　我从善如流地回答："错了! 错了!"

　　签到现场，我面前排着长长的队伍，碰到熟悉的人，就打招呼。我本来就人缘广，这下子，就有更多人见过我这副"尊容"了，哈哈。我应"领导"的指示，不让人拍照，但我一个朋友小陈不听，非要拍照，被我敲了一下脑袋："我一眼没看见，你就给我乱来！"

让我高兴的是，青协的一些哥哥姐姐也来了，见到他们，我很开心，毕竟他们不像老师和同学一样天天见。我在人群中一看见徐姐姐，就大声喊她，她也笑着喊了一声我的名字。我问道："姐姐，来玩吗？"她点点头，我便双手递给她一张卡。她说还想再来几张，我笑着说："姐姐想要多少都可以！"

于是，我抽了好几张给她。

过了一会儿，一个高挑清瘦的身影出现在我眼前，我赶紧喊了一声："队长哥哥！"

"你好。"他应道。

"哥哥也是来玩的吗？"我笑着问。

"嗯。"

然后，他转身去了另一边，目不转睛地盯着一处。我好奇地顺着他的目光，发现他在看一群女生跳舞。我忽然想起草地音乐节也是在这天下午，没时间去看还真有点可惜。她们个个妆容精致，穿着时髦漂亮的服装，身材姣好，动作很带劲。调皮的我灵机一动，大声揶揄道："哟，哥哥，看美女呢！"

他看得有些专注，没有听到我的话。旁边的彭姐姐哈哈大笑了几声，也附和道："陈×，看美女呢！"

我没来得及观察队长哥哥的表情变化，但是听见他赶紧说："没有没有！在看舞蹈。"

后来，我换班了，去了套圈游戏场地，在那里帮忙捡圈子，给套中的人发奖品。我看见了几个青协干部也在玩，就过去站在了他们前面。陶姐姐正拿着一个圈，不敢轻易扔。我眼珠一转，心想要不要给她放点水，就算她套不中，也偷偷给她把圈子套在她想要的东西上，算她赢。

于是我大喊一声："陶姐姐想要啥？尽管扔，放心！"

她仿佛猜到了我的心思，闻言哈哈笑了起来，接着她扔出了一个圈子，正好套在一个包上。我有些佩服，给她拿了过去说："好样的，姐姐！你确实套中了！"

队长哥哥后来也来玩，他问别人，是不是只有套中的人才有奖品，我大声插话："没关系，哥哥怎么样都可以！"

吓得他连连摆手："别别别，别别别！"

我和身后一个女生哈哈大笑。

活动结束后，我们一起拍了一张大合照。高姐姐指挥别人清理现场，有些桌子需要搬走。我看到有两个哥哥故意弯着身子不让人看见，自欺欺人，想逃避干活，那场景让我发笑，倒是我，自告奋勇去搬了。

青协的活动，总是能给我快乐，我特别开心能够加入它。我相信，以后的活动，我会有更多的收获。

第三章 海边有约

一个小东西的悲剧

生活中，已经很少有能让我悲伤的事了。

前天，爸爸突然用微信给我发消息，告诉了我一件伤心的事：我们家的小狗，大前天早上不幸死了。怕影响我学习，没及时告诉我。

当时我浑身上下像被一道炸雷劈中一样，惊愕、伤心，第一反应是拿起手机，给他打微信电话："爸爸，小狗怎么死的？"

爸爸告诉我，它得了一种细菌感染引起的犬类疾病，上吐下泻。开始以为只是吃坏了肚子，但是持续了大半天，他们意识到可能不对，就领它去看了兽医。结果兽医说这是大病，不好治，可以注射抗体，但痊愈的希望不大，很可能会危及生命。

爸爸妈妈没有选择救它。

我没有怪他们，因为换作我，可能也会这么选择。

算起来，那只小狗只有五六个月大，换算成人类的年龄，可能也就只有七八岁。天地良心，这分明是幼年早逝！

那条小狗是我高考之后买的，是中华田园犬，棕白花色，很好看。当时爸妈并不欢迎这个小东西，因为他们嫌养狗费事。事实上，这只小狗活泼好动，与人亲近，爸妈很快就和我一样喜欢上了它。我上大学之后，家里少了个人，不免有些空虚，多亏小

花开的声音

狗的陪伴，爸妈才不至于太寂寞。我们很快把小狗当作了家人。

它刚来时胖嘟嘟的，有些婴儿肥，像个小肉团，于是取名"团团"。它喜欢屁颠屁颠地跟着人，经常在人裤腿上蹭，有时会故意躺在那儿，让你给它挠痒。它对人表现出高度的依赖与信任，尤其是对我们。它智商特别高，也很调皮，稍大一点就不在家里随地大小便了。我不在的日子里，它经常跟我爸妈玩，是他们的快乐源泉。

我隔三岔五给爸妈打视频电话，也经常看它。它总能让我开心。上次国庆假期，爸妈带它一起来威海看我，我们一起玩了三天，就分离了。谁能想到，那次分开，竟是永别。

我还记得，我拿狗绳牵着它在海边快乐地奔跑，我跟不上它的速度，毕竟它有四只爪。它跑起来，两只耳朵一扇一扇的，非常可爱。我有时跟它赛跑，它从来不知道要让让我这个主人，这是对我的大不敬。它喜欢松软的东西，尤其喜欢在草地和沙滩上打滚。它知道"团团"是它的名字，叫它就有回应。它像个小孩，一抱它就表现出一副乖宝宝的样子。有一次我和妈妈去超市，爸爸想牵它先回去，它不走，非要等我们出来。

它还小，特别喜欢咬东西，给它个橡皮玩具，它就能自得其乐。它有时会撕咬人的裤子，不过那也是亲昵的表示。你给它一个小盒子，里面放个垫子，它就知道那是它的小窝，自己爬进去睡觉。它怕看电视，电视机一开，它就把小脑袋藏起来，装作看不见也听不见。

它是一条小傻狗，喜欢吃好狗粮。给它便宜点的，它就嫌弃，除非饿了，否则不吃。

我没哭，真的，但是我爸妈却落泪了。

我天生乐观，很快就脱离了阴影。我安慰爸妈，没事，我们再养只小狗，一只新的、更可爱、更健康活泼的小狗，一直养着，直至它寿终正寝。

　　但毕竟，新的小狗，不是团团。

　　也许，生命真的有脆弱的一面，谁都有可能某天会突然遭遇飞来横祸。但我仍然相信生命是坚强的、美好的，不论是人还是动物，只要活着就有价值，有希望。也许有一天，意外会带走我和我身边的人，但没什么会阻止我们珍惜活着的日子。只要开心健康地活着，就很好。

快乐分享

我这人有一个特点，就是擅于观察周边的人和事。印象深的，就在心里记"小本本"。

我们学院有一个很"著名"的男生，姓啥无所谓，都知道他叫发财。他不但名字搞笑，人也搞笑。记得在军训时他唱了一首歌，还幽默地说："别人唱歌要钱，我唱歌，那叫要命！朋友们高抬贵手，放我条生路吧！"不过我并没有怎么跟他交流过。

上周，我们青协办活动，他无条件帮忙，结果还被人嘲讽说："放心，青协不会要你的！"

大家都叫他发财，连我们任课老师，也说喜欢这个名字。

我们家的团团去了另一个世界，但很快就又来了一位新成员，是一只全身白毛的雄性小土狗，我给它取名"雪球"。它的毛有点脏，但若是给它洗个澡，应该能变成一个特别好看的狗宝宝。它也是从网店里买的，刚来时，在一个黑筐子里，很快就得到了一件我不要的旧衣服做小床，有了一个温暖的窝。

小家伙对新环境比较怕，缩成一团瑟瑟发抖。爸爸用小碗盛水喂它，很快它就不怕生了，还用一双水汪汪的小黑眼睛看人，用舌头舔爸爸的手，不一会儿就放心地睡着了。等过年回家，我一定要好好陪一下它。团团这辈子没福分，只看过一次大海，以后，可以带雪球来多看几次。

我们学校活动特别多，周三下午有一场草地音乐节，周五晚上又有。我特别期待的两个节目，都是独唱。一个是我们青协的一个女生，另一个是倾音的副社长姐姐。

青协的那个女生，唱歌特别好听。青协的干事一大群，我没记住几个，但对她的印象比较深。她是我们实践部的，违反青协规定染了红头发，但是很漂亮，不是那种怪异的红，她长得很精致。记得第一次团建时，她还被王××哥哥捉弄过，传沙包时，故意让沙包在她那停了一次，想让她唱几句，但她没唱。

我本来也想参加草地音乐节的，但审核被迎新晚会耽误了（其实我应该也不会被选上，也好，省得祸害别人的耳朵）。当时，在审核现场看到了她，便同她打了个招呼，交流了几句，我发现她也是一个比较阳光开朗的女生。她记得"董洋"这个名字，我记得她的长相，平了。我夸她："我记得你唱歌特别好听！"她除了说谢谢，居然还弯腰鞠了一躬，一副郑重其事的样子。

她上场唱歌时，还有个男生抱着一束花冲过来，不顾别人的目光，递给了她，还顺手亲昵地摸了摸她的头，满脸笑意。这甜蜜又浪漫的场景，连我都有点被打动了。事后她告诉我说，总有一天你也会找到自己的幸福的。我没有反驳，但事实上我并不羡慕，我相信我也有自己的快乐。

倾音的副社长姐姐姓董，用"帅气潇洒"这个词来形容男性不奇怪，但形容女性就罕见了。她有一头干净利落的短发，穿一身黑衣，经常双手插兜。我们社团的一些人，在背后叫她"帅姐姐"。人家是正儿八经的去年校园歌手大赛一等奖获得者，歌声有多好听，就不用多说了。她的嗓音也独特，比一般女性低沉，比男音清脆，不仔细听，分辨不出她是女性。当天晚上，有女生冲她大喊："董××，我爱你！"

朋友们可能发现了，最近我经常戴着我的粉色小兔子帽，这是因为天气转冷了。记得我初来外大之时，还是盛夏，绿意正浓、酷暑难耐。转眼就到了深秋，满街的梧桐树，落了一地的枯叶，到处都是。现在，整棵树光秃秃的，但仔细看，会发现一个个毛茸茸的果子。再过一段时间，估计就是另一个寒风凛冽、银装素裹的季节了。

长达两个月的寒假，也要张开双臂迎接我们了，开心吗？

被照亮的精彩时光

　　我们青协的干部，就像我的亲哥哥姐姐一样。我从来没想过有一天会有如此荣幸，和他们一起吃饭。昨天晚上，队长哥哥约我们一起出去聚餐，又给了大家一次愉快的经历，让我难忘。

　　聚餐活动是下午六点开始的。当时天已经黑了，我和同楼的几个女生，在校门口等待队长哥哥。虽然等了好一会儿他才出来，但他的出场，让我眼前一亮。

　　队长哥哥穿了一件黑色长袄、黑裤子和一双高筒黑靴，让他本就修长的身材，更加突出，与周围的黑暗环境融为一体。但在路灯的照射下，又很显眼。那身酷酷的打扮，吸引了我的目光，虽有几分肃穆，但并无拒人千里之外之感。我没有近距离仔细观察过他，直到这时才发现，虽然他的肤色有点深，但五官很好看，活脱脱一位美男。原来，我们队里居然有我从未发现的宝藏！

　　队长哥哥虽然有时表现得不善言辞，但绝对是一个很暖心的人。他不介意我们几个不懂事的女生责备他姗姗来迟，看到她们没带伞，便把自己的伞贡献了出来。我担心他会被雨淋到，一个姐妹便鼓励我，上前用自己的伞给他遮雨。我说这不合适啊，她说没关系，这能体现我对他的尊重。我说不行啊，我够不着他，那姐妹又说，可以让他帮我打着。

老天啊，就算给我一百个豹子胆，我也不敢做这事啊！会遭雷劈的！

好在陶姐姐的到来，化解了那姐妹带给我的尴尬。我惊喜不已，赶忙上前和她走了一段路，聊了好一阵子。众人一路欢笑，来到了"老地方餐馆"。这家饭店门面虽小，但很不错。一间小屋子，正好能容纳我们同行的十四人。我们"一家人"聚在一起吃晚饭，显得温馨而有趣。

在路上时，陶姐姐她们就告诉我，还有一位青协的副主席张哥哥也要来。等他一来，我就惊喜地认为自己又发现了宝藏。因为在我眼中，他是一位帅哥。他相貌端正，戴着黑眼镜，穿一件精致美观的绣着龙形图案的白色汉服，英俊潇洒，他和队长哥哥坐在一起。美男在侧，赏心悦目，众人欢闹，不亦乐乎！

我笑着打趣，说："有两位帅哥在一边陪吃饭，心情怎能不好？"队长哥哥大概不知道如何回答，就没吭声。张哥哥说："行，你们说什么就是什么！"

张哥哥说他认识我，但奇怪的是，我昨晚好像真的是第一次见他。不过无妨，我还和他很大胆地开了很多玩笑。我们大吃特吃了一通，有个女生还放了音乐，后来我们还玩了几局狼人杀。饭前，队长哥哥手里拿着一盒狼人杀的牌，我没仔细看，以为是烟盒，就说："怎么，哥哥还抽烟啊！"结果引来哄堂大笑。

我忍不住多偷看了几次那两位哥哥。队长哥哥一起身竟比那房门还高，进来还得微微弯腰。有一次，他发现了我偷偷投过去的目光，轻声道："看我干什么？吃饭啊！"

我有些害羞，搪塞道："没有没有，没看你。"

后来，我又发现了一处亮点。队长哥哥的那只握着酒杯的手，竟也是那般好看，手指细长，指节分明。我从未见过谁有那样修长的手指，那么宽大的手掌。于是，我断定他这双手一定很适合弹钢琴。之前有人说我的手好，但今天一见，根本没法比。可惜队长哥哥没碰过钢琴，他还说自己不配。

他记忆力很好，现在还记得我当初面试时说自己钢琴十级的事，但是我觉得他老是记一些不该记的东西。有一次，他在微信上还跟我提起，说他还记得当初我日记里那个"冷冰冰"的队长，我大惊失色，赶忙认错，他却笑着说没事儿。

有一个打扮得特别漂亮，也特别开朗活泼的女生，也给这次聚会增了不少色彩。我们边聊天边吃美食，不时发出一阵笑声。不知不觉间，饭局到了尾声。末了，我把自己特意买的两盒草莓，与众人一起分享了。

离开时，张哥哥和陶姐姐一起去了别处，这让我有点遗憾。队长哥哥本来坐电动车，后来也陪我们一块走了。他抱怨说今天怎么有雨，我说，这是你不会挑日子。后来他没注意，被路边的一个牌子撞了一下，我还说，你看看，连牌子都看你不顺眼。

天气恶劣得很，雨哗哗地下着，路上到处都是积水，我的鞋子都湿了。但有一束温暖的阳光，穿透了雨夜的迷障，一直照进了我的心里，那就是我们的青协大家庭。有它相伴，我的生活有滋有味，希望下次，我们还能再相聚。

花开的声音

身边的二三事

（一）教书不易，老师自闭

在所有的老师里，最有趣的，大概就是教英语视听说的老师了。

一天中午，他让我们读单词，连续好几个同学都读得不好。他先是气急败坏似的用拳头擂了一下桌子，然后又用双手捂住了脸。

我问："老师你怎么了？"

他故意发出了哭腔，说："呜呜呜，我自闭了！"

（二）再不上课，老师揍你

清晨，食堂。

我一如既往地来到固定窗口买早饭，同时跟青协那位干兼职的哥哥打招呼。他说："起这么早，是有早八（网络流行语，指早上八点的第一节课，似乎是全国大学统一时间）吗？"

"嗯。"

"我一会儿也有早八。"

过了一会儿，我吃完饭，又来到窗前，笑喊了一声："哥哥，快去上课吧！不然的话，老师要揍你了啊！"

周围人："哈哈哈！"

（三）公主和侍女

我身边有一个很上进的朋友小于。她唯一的缺点就是不大喜欢活动，走一小段路就喊累，更别提拿东西了。

所以，她经常把手里的东西递给我，让我给她拿着（她还曾说过，拿快递是她唯一的运动方式）。

一来二去，我忍不住抱怨道："得，我成了专门给公主拿东西的侍女了。"

有一次，我说："从自习室到宿舍这么一大段路，还要爬楼梯，我是没啥，倒是委屈公主殿下您了。要不，把帽子给我，我替你拿着？"

（四）申姐姐的颜值表演

"青协"总能给我带来期待和快乐。

据说我们要举办元旦晚会了，在 12 月中旬。

我想看干部们表演节目。于是，联系开朗风趣的申姐姐："这次元旦晚会，哥哥姐姐们要上去表演节目吗？"

她："还不知道耶，没才艺咋办（哭泣）？"

我开启了嘴甜模式："姐姐不用才艺，就姐姐那漂亮脸蛋，往那一站，就够吸引很多人了。"

花开的声音

我隔着屏幕都能猜到她一定心花怒放，随后她给我发了个闪光的心形和一句开心的："哈哈哈！"

（五）一个"调戏"队长的崽

这次元旦晚会，我希望队长哥哥上去表演个 T 台走秀。他那高挑的身材，要是穿一身整洁的黑西服，往台上一亮，绝对引人注目。

我调皮地给他发道："哥哥去参加元旦晚会吗？我觉得凭哥哥的条件，很适合 T 台走秀。"

我只是跟他开个玩笑，又没真让他去，没想到他居然当真了，吓得给我回道："别别别！"

我忍不住扑哧一笑，堂堂一个男子汉，怎么就跟个小姑娘一样拘谨腼腆。太可爱了吧！

我乘胜追击道："我看哥哥的条件，要是去当模特，肯定能惊艳全场！"

他估计很不好意思，没有再接我的这个话茬。

（六）来到人间的"月老"先生

上次，我们小队聚餐，正好花了五百二十元（谐音"我爱你"）。

队长哥哥跟两个女生开玩笑说："你看，多好的一个数字，赶紧去找个对象呗！"

一个女生回答道："你让我上哪找去？你给我找啊！"

没想到他笑道："之前也有很多人让我给他们找对象。"

我忍俊不禁："那哥哥是扮演了月老（传说，月老是一个能用命运的红线将男女之间系在一起，让他们总能相聚并结为夫妻的一位神仙）的角色吗？"

"开玩笑的！下次不要再说了。"他答道。

（七）董家的红娘小姐

我的一个朋友小张，有一次向我抱怨说，她真是服了她姐姐，居然还问她："你都上大学了，怎么还不找对象？要等到什么时候！"

我听了也很无语。毕竟，我只听过不让子女在参加工作前恋爱，怕影响学习的家长，还没听过有如此奇葩的姐姐。

我笑说："别急，'缘分这东西很巧妙，指不定哪一天转角就遇到了'（语出《破云》）。实在不行，改天我给你介绍个，我看这学校里帅哥也挺多的。我就跟他们说，张××，特别好，温顺、乖巧、可爱，绝对是个绝佳选择。"（画外音：你要不要脸啊，自己都还没对象呢，就想给别人穿针引线当红娘了？）

小张就像一只可爱的小兔子，立刻就羞得用袖子捂嘴，腼腆地笑了："可我现在还没这个打算。"

看她那副害羞的样子，我忍不住哈哈大笑。

青协，依旧很 Nice

这个周末，我跟倾音声乐团正式拜拜了。

虽然音乐可以给人带来愉悦，但我若想听歌，何时不可？

社长哥哥看起来很好，但由于并未深交，具体为人也不清楚。至于副社长和其他社员们纵使歌声美妙，但也只打过几次照面，互不熟悉。他们社团在周六晚上的演唱活动，我也许久没去了。

我才上大一，就有人已经和我渐渐走远了。比如，之前和我们熟识、嬉笑打闹成一片的两位助导姐姐。她俩许久不来教室，也不大和我互通消息了。据说，苗姐姐马上就要毕业了，在积极准备考研，不好打扰，最近也没什么事要联系周姐姐。虽然她们已退出了我的生活，但我会记得她们两位，不但长相美丽、身材姣好，也热情亲切的助导。

有些人和事物是要离开的，这是自然规律，但今日的青协，依旧很 Nice。

我在外大的欢笑，可以分成两半，一半属于周围的伙伴，一半属于青协。青协一直在我心里占据着和周围朋友一样重要的地位，它给过我许多欢乐。

申姐姐鼓励我加油学习，教我成为入党积极分子的技巧；我到王××哥哥干兼职的那个窗口买饭，他常给我加量，还时常聊几句；队长哥哥不大擅长交流，但上次聚餐我们都付了 30 元，他一人付了剩下的一大笔。我想偷偷帮他垫一部分，他都不肯，说这是应该的，简直就是一位默默奉献的当代"中国好队长"啊。

上次开会，陶姐姐在说完会议内容后，照例让我们做自我介绍。我第一个站起来，陶姐姐笑说可能大家已经都认识我了。我别开生面地聊了聊自己的缺点，中途王××哥哥在底下小声说："唱首歌！"被我堵了回去："要不你来唱啊！"

王××哥哥是位社牛，特别外向，深受大家欢迎。他在我们轮流做自我介绍时，一直都在不停地鼓励自己熟悉的干事起来一一展现自己。一个姐妹就站起说她是被她那"宇宙无敌超级大战神"队长用眼神"叫"起来的。我也一直都在鼓励小于起来露个脸，但我拽了她胳膊好几次，她都坚决不抬头，把头摇得像个拨浪鼓。她明明很认真、很要强，多次参加学校比赛，当初也和我一起争当英语课代表，但有时却欠缺一份展示自我的勇气。

后来，队长王××哥哥离开座位，转到了我们附近。虽然本意没冲着我俩，但我还是像抓住了一根救命稻草："哥哥，你让她起来！"并顺手指了指小于。无奈，小于仍低着头，斥我道："别说话！"

后来有个我们队的姐妹，勇敢地站起来介绍了自己。可能有点羡慕我的性格，她说很想跟我交朋友。我笑着回答："当然可以啊！"她又说，她在食堂干兼职，想让我们到她那儿做客，我大喊："队友加油！"

我给青协实践部的各位干部准备了一些糖，让陶姐姐拿去分了。那次队长哥哥有事没去，我想戏弄一下他，就叮嘱陶姐姐把榴莲味的留给他。

第二天下午，我们在操场上进行了一次团建（玩游戏）。输的人要表演节目，有的人选择背古诗，队长哥哥唱了一首儿歌，被调皮的我录了来。我被朋友小王坑了一次，上去唱了半首《学猫叫》。由于没大听懂规则，陶姐姐专门来到我旁边，又耐心地给我讲了一遍。

我们还玩了个用口罩蒙眼睛拿气球打人的游戏，十分快乐。

天气很冷，刮着风，但我不愿离开，不愿放弃与周围朋友一起玩乐的好机会。陶姐姐心肠热得很，我不大会给气球打气，也不大会系，都是她帮我的。我笑着夸她："像陶姐姐这样好的人，将来一定可以找一个好——"说到这我故意笑而不语，懂的都懂。

她有些害羞地笑了，旁边的楠姐姐趁机打趣："你来给你陶姐姐找一个吧，她还单着呢！"

最后一个游戏是踩气球。每人脚上绑四个，被踩爆就算输。这是最有意思的，每个人都玩得很积极。这个过程中需要不停追逐和躲避，队长哥哥个高腿长跑得快，是场上存活时间最久的一个男生。但他也很倒霉，在玩的过程中，被人扯了他的衣服，他的上衣破了个大洞，看起来有点滑稽。

最后"不出意料"地又要合影了，四位干部在最前排，但队长哥哥的个头引起了别人的"不满"。一个队里的姐妹用本地方言说他："你个子太高，挡到别人了，上后头去！"后来王××哥哥按着他的脖子，把他往下压，弄得他哭诉道："我好憋屈！"

我在第二排扑哧一下笑出了声，看来个高有时也不是好事嘛，哈哈。

作者寄语：大家觉得我很开朗、有趣，其实我没心没肺，神经大条，缺少谨慎行事的经验，有时会不经意间冒犯别人。幸运的是，有很多人都能包容、接纳我。

大概我这人最大的优点就是乐观、积极，善于观察周围的人和物，不把烦恼放在心上。我拥有的幸福其实很简单，有一些值得追求的目标和一群十分珍惜我的朋友，未来值得期待，就够了。事实上，我一直很幸福，因为我遇见了你们。

这大概是我期末考试之前的最后一更，很快就要放假了。我期待回家过一个欢欢喜喜的年，相信你们也是。真的很高兴能认识每一个朋友，你们都特别好。祝你们考个棒棒的成绩，有一个愉快的假期，未来每一天都像我一样快快乐乐的！

放假后，我还会不定期写日记，感谢各位一直以来的支持和阅读，相信我们很快会再见面的！

花开的声音

感谢每一个遇见

因为相信相逢本就是一种缘分，所以我珍惜身边的每一个人。我想把这学期遇见的美好都告诉你，和你分享我的精彩。

我来到这儿认识的第一个人，是一位同县老乡。我们还在同一所高中上过学呢（虽未谋面，但也算莫大的缘分）。她是我的同班同学，住在隔壁宿舍。

我上晚自习的第一天，就结交了一位挚友。她当时说怕黑，想找人陪她一起回去。她觉得我很勇敢，做了很多她不敢做的事，比如军训时踊跃地在众人面前唱歌。她就是小于，一位认真上进、不断追求进步，但有时又有点胆小的同学。我们经常一起学习、一起探讨问题、一起去图书馆、一起写论文、一起参加学校的 PPT 演讲大赛。

于我而言，所谓挚友，不仅可以陪你聊天、嬉闹，还可以陪你成长进步，她就是那样的人。她留着标准的学生头，发色淡金，很漂亮。她严肃认真，不许我们合作的论文里有照搬网络的文字。她还有点迷信，害怕一些灵异传闻。

这次回家，我祝她假期愉快，让她好好学习，并提出要她给我带点家乡特产。她给了我一个地地道道的、完全符合她风格的回答："你咋这么美呀?"

小张是我的另一位挚友。她像一只小兔子，腼腆、谨慎、胆小、温顺，很有女生味，特别可爱。她想加入一些校级组织、社团，却无报名、面试的勇气，最后也没参加。她不喜欢强势的家人对她的指令，但也无力抗拒，只能常和我抱怨。她也很看重学习。别人觉得枯燥乏味的《史记》，她能读得津津有味，还做了司马迁的铁杆迷妹，常跟我聊，但我不喜欢司马迁和《史记》，我喜欢有韵味的古典诗词。不过无妨，我经常和她玩。

临行前一天，她特意联系我："你明天就回家了？"

我："没事儿，我会想你的。"

小张："我和迁迁也会想你的，我还想和你去上课呢。"

我哈哈大笑，回道："明年还会再见的啦，到时候给你带点我家乡的好吃的。"

她回复了我一个大大的爱心，还答应给我带他们那儿的鸡（德州扒鸡）。她给我发了一首美妙的纯音乐，祝我旅途愉快。我走时，她还与我一起抬回一辆以前在摄影比赛里狄得的山地自行车。

青协真的特别好，有一次我跟队长哥哥说："能加入哥哥的小队，是我的荣幸。"他说："你们能加入青协这个大家庭，也是我的荣幸。"一次开会，他告诉我们以后少叫队长、部长，可以多叫哥、姐。

我特别期待能在食堂看见两位干兼职的熟人——王××哥哥和我的队长。王××哥哥常给我多送东西，弄得食堂叔叔都认识我了。有一次他没来，那叔叔多给了我两个小笼包，说："王部长在睡懒觉呢，这是我替他送你的！"一位阿姨附和道："要经常来看看你王××哥哥哈！"我不由得会心一笑："好啊！"

队长哥哥在忙碌的时候，就不大理人了，但我还是很开心能看见他。有一次，他想找在食堂的两位姐姐过去说个话，但自己不好过去，见了我就像见了救星一样高兴，让我去帮忙叫，还叮嘱我别说是他找的。我觉得有些好笑，就算我说，"一楼门口处有位哥哥找你们"，她俩也知道是谁吧，毕竟我看见他们打招呼了。于是，我找到两位姐姐，就直截了当地说："陈哥哥找你们过去。"

威海的冬天十分寒冷，风特别大。那天在食堂碰到的两位，一个是申姐姐，一个是荣姐姐。申姐姐暖心地提醒我外面冷，吃了饭就别在外面逗留，赶紧回宿舍吧，可是我还要上晚自习呢。

有一次，我也提醒队长哥哥："天太冷了，哥哥别再在食堂干活了，早点回去休息吧，我们晚自习都停了。"他笑说："我走了，谁来卖饭啊?"

临行前，我在青协元旦晚会群里发了句："我明天就要回家啦，哥哥姐姐们明年见。"毕竟，在我心里，他们也挺重要的。后来，我又在朋友圈和朋友们告别。让我欣慰的是，赵姐姐回复了一个"流泪"表情，我急忙问："怎么了?"申姐姐说："好伤心（流泪×4）啊。"

王××哥哥和萌姐姐的关系，大家都清楚，我在第一次团建时就发现了。我常看见他俩在一起，甜蜜得很。我几次在食堂碰到他们，他们都很亲切地和我打招呼。有一次，我甚至大胆地献上我真诚的祝福："祝哥哥、姐姐天长地久!"临走前，我还跟他们开玩笑："我走啦，哥哥、姐姐在这儿好好加油，争取早日吃到你们的喜糖!"萌姐姐哈哈大笑，提醒我回家路上注意安全哦。

我跟高姐姐说："希望哥哥、姐姐们，明年可以举办更多、更好、更精彩的活动!"她说:"好的,假期愉快呀!"我们青协的干事有二百多人,她身为主席还能记得我,还说,俺经常看你写的日记哩,让我感到很荣幸。

还有好多好多人,比如身边的朋友小陈、小尚等,还有那个见多识广的语文老师,故意和学生闹着玩的视听说老师,很重视我的英语阅读老师,等等。

心中若有温暖的阳光,又何惧寒冬的凛冽?伴随着一簇簇盛开在心底的向阳而生的花朵,我的生活将变得五彩缤纷。

外大富有韵味的美

我们学校的布局十分巧妙，各个建筑镶嵌其中，各有各的美。几座建筑上有大大的校徽。说起校徽，它的设计独具一格，呈圆形，外层上方有一行仿古字体的学校名称，下方是校名的英文。内层写着"SW"两个字母，是"山外"两个字的英文首字母，下方"1999"是建校时间。整体为蓝色，象征海洋，十分美观。

我们学校面朝大海，但目前还没到"春暖花开"的季节。学校有很多花，盛开时美丽无比，是一场赏心悦目的视觉盛宴。

我的宿舍面朝东方，在走廊东侧的窗户处，可以眺望到一片蔚蓝的大海。大海的宽广，总能让人心情舒畅愉悦。

我们青协的特色，是红马甲工作服，正面肩头处有"青年志愿者协会"的专属标志，下方为文字，中间是一条写着名称的丝带。上方分内外两层，外层有一圈环形橄榄枝包围，象征和平美好；内层为心形，里面有一个手掌形的图案，也像一只翱翔的鸽子，寓意爱、希望、和平。背面则是校名、组织名、会徽。这样的设计，分明又是一件值得珍藏的艺术品。

生活中不是缺少美，而是缺少发现美的眼睛。在食堂东侧的路上，有一座石桥，桥上有几只刻得栩栩如生的石狮子，还有十二座下面写着古代计时方法的十二生肖雕像。个头虽小，但个个精致可爱，充满美感，属于角落里的艺术品。但可能有人不太爱护公物，"子鼠"的小脑袋被砸掉了，让人惋惜。桥下还有片荷塘，可惜我去的季节不对，没欣赏到花。

我曾在桥下发现过一个好大好大的惊喜。那是一对鸳鸯，棕色的，带着漂亮的花纹，十分好看。鸳鸯是吉祥之鸟，传说由《孔雀东南飞》中的焦仲卿、刘兰芝二人化成，象征美好纯洁的爱情。漂亮的鸳鸯是我最喜欢的鸟类，那天我偶然看见它们，不由得欣喜不已。但遗憾的是，当时光顾着欣赏，忘了拍照。也许这是一个吉兆，这成对的鸟儿，可以给我带来美满的爱情和婚姻呢！

我国自古以来就有许多以"鸳鸯"为意象的诗句，比如"对月形单望相护，只羡鸳鸯不羡仙""得成比目何辞死，愿作鸳鸯不羡仙"。互相爱慕的情侣、夫妻，倘若能用一句"鸳鸯被暖度春宵，此生陪君同老"做告白，不亦美哉。

学校汇远楼后方有一条长廊，连接着"明德池"。那是一个很大的池子，里面有一大群漂亮的锦鲤，主要是红色和白色相间的。岸边连接着桥和一座小亭子，经常有很多人来玩。北岸边有几丛茂密的竹子，可惜生得不是很好，没有那种高耸挺拔、苍翠欲滴之感，大概没有长大吧。不过我并不是郑板桥，也不是很喜欢竹，但毕竟竹也是"四君子"之一，也是值得珍惜的。

那池子里曾经出现过一对高贵美丽的红嘴黑天鹅。羽毛鲜艳整洁，像贵公主，在水里缓缓游动，优雅美观。这种稀有禽类，是国家保护动物，我竟能亲眼看见是何等荣幸（可惜当时没有拍照）。

我没有在学校看见过梅花，很是遗憾。身为"四君子"之一的梅，是我最爱的花。它不惧冬日凛冽的寒风，绽放于冰天雪地，不与百花争夺春意，有谦逊之风。白梅素洁雅致，红梅艳丽清新。花朵小，但多，既可盆栽，也可露地种植，那是冬日里最好看的风景。

　　威海冬日下雪早，片片白雪飘落，轻盈得仿若柳絮。倘若再有"雪落红梅"之景，那会是多么富有诗情画意的一幕！古往今来，写梅的诗句不计其数。但我最欣赏陆游的"无意苦争春，一任群芳妒，零落成泥碾作尘，只有香如故"，充分彰显了梅的美好品质。

　　梅是我的幸运花，所以将来无论谁送我礼物，都可选择梅花，只要漂亮，真花、假花我都喜欢。

　　最后送大家一句话：生活像镜子，你笑它才笑。人生短暂，何不多记一些快乐的事？

　　愿一切美好，都能来到我们身边。

拥抱生活

说句自恋的话，我自认为我是一个宝藏女孩——永远活泼天真，有一颗不泯的童心。

虽然我写的这些日记水平不太高，也不指望能有多少人看，但我还是想把自己生活中的美好点滴记录下来，同他人分享。我想通过日记的形式，让一些人和事永远定格。

比起大名，我更喜欢别人叫我小董，显得亲切，距离更近。但很多时候，我喜欢叫别人的全名，因为我觉得那样比较郑重。

我觉得，只要我自己开心，花一些时间精心写日记，也是值得的，因为这是我的兴趣。

我自认为我的生活是美好的，有一群爱我的人和我爱的人，当然也有一只能陪在身边的狗狗——它可爱极了！提前告诉你们，我的下个写作对象就是这小东西！我爸妈一直都在悉心照顾、关心我，让我很幸福。比起那些颠沛流离之人，我已是十分幸运。我的家庭还算宽裕，我也希望将来通过自己的付出，获得属于自己的一片天。

我的心愿有很多，我向往南方的旖旎水乡风光，希望有时间可以去看一看。以后我想在威海定居，"面朝大海，春暖花开"。我想拥有一座漂亮的双层小别墅，作为自己的住所。

我很热爱我的生活，我有很多朋友、亲人，所以拥有很多友情、亲情，也希望将来有一天能获得美好的爱情。现在的我，已经对一个异性产生了好感，在我人生中，这是第一次，也许这就是心动的感觉。这种感觉有些甜蜜，但是我也不想让别人知道太多。我并不是什么"恋爱脑"，也还有很多事要做，所以这种感觉也并不是很强烈，我也并不急着让他知道我的心意。

　　我知道我离他还很远，所以我想通过自己的努力，提升和改善自己，实现目标，成为那个理想的自己，获得能接近他的资格，等有了机会，再考虑这方面的事。

　　关于那个人，我跟他的交往其实也不是特别多，但我能感觉到他是一个特别温暖有爱心的人。他真正吸引我的，并不是他的外貌。事实上，他也算不上好看。他有些不善言辞，但经常关心别人，是个热心肠。我现在才知道，原来最令我感兴趣的，并不是与自己相似的、开朗热情的人。和表面热情，背地里却不知拿人怎样的那些人相比，他要实诚得多。

　　我不知道他有没有找到值得珍惜的女友，但无所谓，有些事藏在心底也挺好。那种对别人不一样的感觉，本身就是一种宝贵的经历。不管到头来有没有成功，都是我人生中的一笔财富。也许这种感觉会随着岁月而消逝，但总有些痕迹，会留藏心底。可能这也是成长的一个印记吧。就算内心再像个小孩，也终会有情窦初开的那一天。

　　我喜欢有滋有味的生活，特别幸运的是，我已经有了。

　　我心底的夜空，是由点点星光汇聚成的，其中包括爸妈、亲人、许许多多的朋友和想要实现的许多美好梦想，当然也包括那个人。无数的星星，闪烁着微弱但坚定的光，让我的内心丰富而充盈。

家有狗宝，其乐无穷

那天我回到家，第一次亲眼看见了那只——由我买来寄给家里的小狗。它全身白色较多，只是耳朵和脊背处稍稍显黄。

看到它时，它正缩在座椅底下瑟瑟发抖。我本想叫它"雪球"，但爸妈嫌麻烦，就叫它"球球"了。

它胆子特别小，在陌生环境中一副恐惧样，尾巴夹在两爪之间耷拉着。"夹着尾巴逃跑了"的句子，也许就是这样衍生出来的吧。那天，它在车上见了我这个生人，害怕得不敢接近。我抱着它抚摸了一会儿，它就放下了戒备，还想舔我的手。

它特别活泼，还特别聪明。在家里上蹿下跳，到处乱跑，喜欢撕咬一切够得着的东西。我爸妈觉得它比团团好多了。

球球有一个毛绒狗垫，睡觉时就爬进去。它也比团团灵活得多，跑得贼快，根本抓不着。一见了我们小尾巴就摇得特别欢，整天像打了鸡血一样充满活力。

关于它的趣事，我不能面面俱到地说给大家听。但可以这样说，自从有了球球，我们家的欢乐不断。它比团团机灵聪慧得多，爸妈和我都特别喜欢它，都拿它当家人一样对待。爸爸经常拍一些很有趣的视频，和它交流、打趣，尽管它不懂人话。它是一只爱干净的小狗，经常舔自己的身上的毛。

花开的声音

这小东西挑食，比皇上还难伺候。吃鸡蛋只吃蛋黄，吃饺子只吃馅，有了别的好吃的，就不再吃狗粮。吃饭的时候，它眼巴巴地瞅着人，用目光索要食物。要是不给，就跳起来用爪挠你大腿，还呜呜叫两声。

它对人表现出的依恋、信任，让人心里生出一股怜爱。我每天早上六点半起床，总会在床边瞅见一团白花花的小肉球。小家伙快乐地摇着尾巴，两只前爪搭在床沿上，两只黑玛瑙似的大眼睛，定定地看着我，好像在说："快点儿下来陪我玩啦！"它会毫不顾忌地把它的肚子仰面翻给你，让你给它抓痒；还会轻轻地咬人裤子，以示亲热。

它的叫声十分稚嫩，还未形成真正的"汪汪"声，但已经能用稚嫩的呜呜声来表达自己的情绪。尤其是在自己的心愿未达到的时候，比如想上沙发而没让它上，想吃的东西没有吃到，想和人玩却被人冷落之类的，让人不忍心不遂它心意。高兴时会撒欢、打滚，在地上飞奔；还会躺在人的脚背上呼呼大睡，身体热乎乎的，让人感到一股暖意。

相信我，家里有一只活泼好动的小狗，是件极大的乐事。

小狗的快乐很单纯，对人也很真诚。它虽不会说话，但所有想法情绪都表现在了肢体动作里。一只小狗，可比复杂的人好对付得多，你说对不对？

第三章 海边有约

161

这次第，怎一个好字了得！

就算是在假期里，我照样过得丰富有趣，不信，我说给你听。

如果你想有一个走到哪都屁颠屁颠地跟着你的小跟班，最好是养一只小狗。球球有一个了不得的本领，就是前爪腾空式的跳跃。一日三餐，它风雨无阻地趴在桌底，不时用爪子扒你腿，提醒你别忘了它的大事。它喜欢沙发和垫子，喜欢在阳台上晒太阳。有一次，我早上起床后发现少了一只鞋，不用动脑子便知道是哪位大神的杰作。

爸妈经常陪我踢足球。足球老师姓毕，常穿带有校徽的黑衣服，他教了我们几项基本功。我在学校没练会，回家就买了个足球"加餐"。对我来说，足球很难，但我也渐渐发现了它的一些乐趣。

一天，我和爸爸抱着球，领着小狗下了楼，来到楼前的草坪上玩。小家伙开始怕生，不敢轻举妄动，但不一会儿就开始像扫地雷一样东嗅西闻，四处走动，像一个探索新大陆的小生命。我和爸爸一人一脚让足球在草地上翻滚飞驰，球球学会了躲闪，不再被球砸了。它还有一个橡皮小足球，玩得不亦乐乎。

爸妈让我假期参加青鸟计划实践活动，还想让我练琴、学

花开的声音

车，我自己也愿意。再加上学习上的任务，以后可能闲不了了，但我就喜欢充实有意义的生活。我还没当够志愿者，还想从事这方面的工作。

我跟小于彼此都很熟悉，我能读懂她的表情，看穿她的想法，她也了解我。有一次，她给我发了一张在家仿妆"熊二"的照片，问我怎么样。其实她画得挺好看，但我故意逗她："啊！我的眼睛（捂脸哭）！"她气呼呼地回道："哼！"

我们常互相赠送一些小东西，比如零食水果之类的，都不跟对方客气，直接"把手伸出来"就行，但是"谢谢"还是得说的。

前几天，学校举办了一次"名仕杯"抖音短视频大赛，纪念品是一枚盒装戒指。那戒指被一个深蓝色的、镌刻着校名校徽的盒子装着，银白色，发亮，上面刻着校名标志，精致美观，很有收藏价值。我在小于那儿见过，是其他人送的，当时我就很想要，她本想给我，但后来又自己留着了。我立刻拍了一个短视频，成功地挣到了它。于是，我的收藏品，就又多了一个。

有一次，我问高姐姐："我们假期里有没有什么线上活动？"

"现在还没有，过段时间可能有云支教活动（网上教学）。"

我在心里又一次为青协鼓掌喝彩、放烟花。这可是一次绝佳的锻炼机会！我立刻下决心报名参加。后来我把这个好消息分享给小于，她也表示出极大的兴趣，说如果真有此活动，千万要提醒她报名参加。

我对青协的上级们，一向有一种敬爱之情。"敬"的是，他们在学习之余，还能把繁忙的组织工作打理得井井有条，申姐姐就是一个成绩优异的榜样。"爱"的是，他们易相处、与下级毫无距离感，他们安排的事，我总是要求自己认真对待。有一次，王××哥哥热心地想请我吃饭，但我哪有那个脸面？我请他们还差不多。王××哥哥有一个霸气又搞笑的外号——"无敌暴龙战神"，凭我对他个性的浅了解，估计是他本人起的。

我有时记不住一些东西，也许我妈说得对，我不是那种能把事、人完全放在心里的人。上次雨夜聚餐，回来的路上，队长哥哥注意到两位姐妹的伞小，就凑上前去，用自己的伞帮她们遮雨，遮了一路。当时，我心里涌现出了一股暖意和感动。很少有男生能如此细心体贴，关爱他人，更何况我们只是他的下级队员而已。他自己忙，还经常跟我说："辛苦啦!"我觉得我现在也可以说一句："我可喜欢我队长了!"

我想成为青协的干部，不怕耽误学习，因为我完全可以自己挤时间。一是因为一个私人愿望，二是因为我也想为"家人"作更多的贡献。我有一些毛病，但是会尽力去改。

其实，我现在就有一股奉献的冲动。我跟高姐姐说："我也想像哥哥姐姐们一样为青协出力，要是有什么需要写作的活儿，哥哥姐姐们可以随时找我。虽然我水平不高，但我会尽力的!"

她亲切地回应道："好的，小董。"这称呼让我欣喜不已，我忙"哈哈大笑"道："谢谢高姐姐!"

别人给我带来欢乐，我同样也在鼓励、安慰别人。小张抱怨学校布置的读书报告作业太难，我乐观地告诉她："没事儿，没事儿! 不难的! 加油! 相信自己!"她对生活缺少信心，连导员查宿舍都令她紧张不安，而我常给她一些积极向上的话做礼物。

我还会感恩，结课时，我会和老师们说："谢谢老师，老师辛苦了，祝您假期愉快!"

我的生活处处充满宝藏和惊喜，不是吗?

自信・自强・阳光

——一个好姑娘的真实写照

我不聪明，但也想努力活出一个精彩的人生。

我有点丑，我的鼻子高耸但很大，脸上还有些黑斑，但我相信我也有独特的美，就比如我眼睛很好看。尤其是睫毛很长，就像粘上去的假睫毛一样，小时候有人夸我"漂亮得像个洋娃娃一样的小闺女"。

尽管我碰过很多次壁，但我从没放弃过，我对生活充满信心。当年，我想当警察没成功，但很快又找到了新的努力方向。

我上的学校不太好，但我坚信可以凭借自己的努力找到属于自己的出路。我不求事事完美符合预期，但付出了就无悔。

记得当初导员向我们介绍周、苗两位助导姐姐时，特别提到两位姐姐的优秀和取得的佳绩，问我们将来能不能超过她们？

只有我一个人坚定地回答："能！"

有一次，小于忧心自己不能顺利考取报名培训的一些证书，我笑说："怕啥？咱俩是强强联手，好好干，肯定行的，没人能比得过咱俩！"

我认为身边的每个人都很好，除非那个人真的做了一些坏事。不是因为我涉世未深不成熟，而是因为我相信世上还是好人多，总会有善意、温暖环绕着我们。

我经常去图书馆、自习室，很多人都看到了。一次，朋友小郑对我说："你每天都这么积极奋进，敬佩啊。"

我笑说："不不不，其实有时候我也发懒、想玩，也浪费了很多时间。但要是不学习的话，将来咋办？毕竟没人会养你一辈子啊。"

"我也知道，但就是很想躺平，过一些清闲自在的生活，我也不知道自己将来咋办。"她回答道。

我喜欢运动，喜欢在阳光下奔跑，不论是在哪里，都喜欢迎风的感觉。

我一直强迫自己逆风前行，不要停留在原地。

我在心底把很多人作为自己的榜样，并以此为动力，竭尽力量前行。我认为自己也是一块璞玉，我觉得将来谁能拥有我，都是他的荣幸。我认为没有什么事是彻底完了的，人能活着就很好，活着就有希望，就可以做到许多死人做不到的事。

我善于调节心情，使自己尽量开心。困难挫折也许会使我沮丧，但不会沉沦太久。毕竟太阳照常升起，人生还有无限可能。

我不相信命运天定，我只相信我自己。我就是自己命运的主宰者。

我懂得珍惜自己拥有的一切，认为自己一直很幸福。

我有一个七八岁孩子的童心，不怕岁月沧桑。

我重视家人、朋友，也相信别人一定也会认为我很好。

我知道天上不会掉馅饼，机会是自己争取的。

我总是尽力让自己做得好，也希望能给别人带来正能量。

就像海伦·凯勒说的一样："把脸一直向着阳光，这样就不会见到阴影。"

心底"白月光"

我总要腾出些时间，记录生活中的点滴，将此视为心中的财富。

爸妈是我的良师益友。他们不但照顾我的生活，还教我做人的道理，带我体验不同的生活，鼓励我发表自己的观点。同时他们也很幽默，时常跟我开玩笑。我的良好性格的养成，多半也与他们有关。

球球是全家人的快乐之源。它不但是"吃货""睡货"，还是"黏人精"。它吃饱了、睡足了，就会开心地撒欢，到处跑来跑去，小耳朵一动一动的，十分可爱。它喜欢扑人大腿，在人跟前摇尾巴，舔人示好，咬东西玩。它常用各种叫声来表达自己的情绪，逗得人哈哈乐。

有次，我跳绳不小心抽到它了，它疼得吱吱乱叫，躲到角落里，半天不敢出来。吃饭时，还昂头趴在你脚边，眼巴巴地用大眼睛注视着你，演绎出"此时无声胜有声"之境。爸妈不嫌它脏，经常抱它，和它说话、玩。

有一次，爸爸跟我开玩笑说，幸亏有球球哄人开心，要不然我妈更年期，还不得天天找碴儿？干脆再来一只，叫"微信"（与QQ做伴）得了。

当初我想竞选班里的团支书，可惜没成功，只当了个"小官"宣传委员。估计老师是看上了我的写作能力，我还得谢谢他。很快我觉得这样也挺好，事情少了，我就有时间做一些其他有意义的事，也很幸运。我这人就是乐观，善于自我安慰。学生会不要我，那是他们的损失，总有一天我会证明这一点。我还希望青协会以我为荣。

陶姐姐长相美丽，而且她热心善良。有一次我跟她开玩笑说："姐姐没男朋友，只能说明周围人没眼光。"当然，还有可能是她不想找，事实上确实如此。陶姐姐说了句有哲理的话：要想被别人喜欢，就要先爱自己。其实这点，我做得很好，嘿嘿。

关于之前提到过的那个，第一次给我那种特殊好感的人，已经被我永远埋在心底了，除了两个心腹好友外，没人知道他是谁。也许喜欢并不一定要拥有，毕竟到头来，可能也会发现对方不合适或者已有其他伴侣之类的。这个充满期待、喜悦，而又有一丝青涩的暗恋过程，本身也算一种宝贵经历。他是我心底的"白月光"，但也只在心底了。我现在也没有想要追求他、接近他、和他交往的想法了，因为我还不成熟，而且有一些更重要的事想要完成，也不想卷入什么情感问题里。

就像现在这样暗中注视着他，也挺好。我期待碰见他，有时也会跟他聊天，但因为我性格开朗，旁人看不出端倪。我对他的感觉，一时半会儿也是去不掉的，但是我想，就这样吧，也许以后就没了。

他就像是平静湖面上忽然掠过的一丝微风，荡起了层层的涟漪，但过后湖面又恢复了平整。这个过程，只有风儿自己记得。

我和老爸的小说创作比赛

我的作品——《班花齐放》

大学生的内心世界有时很复杂，尤其是女生。

大一四班有两位明星女生，一位叫秋菊，一位叫雪梅。二人都有一副倾国倾城的面容，又都是学习上的佼佼者。而且一个擅长钢琴，一个擅长歌唱。二人又都是学生会的精英人物，不相上下。男生暗地里把她俩称作两朵"班花"。

当然了，她俩也有很多不同之处。雪梅人缘好，交友广，拥有许许多多的好朋友，身边围着她转的男生也挺多。而秋菊却少有人问津，连朋友都没几个，只有一个高中同班的男生陪着她，是她的男朋友。

时间久了，秋菊心里便生出些嫉妒与不平。正如一山容不下二虎一样，一个班里也容不下两朵班花。渐渐地，她开始看雪梅不顺眼了，认为她抢了自己的风头。随着时间的推移，她竟然处处排挤、敌视雪梅，把她视为眼中钉。雪梅多次想和她交流、做朋友，她都表现冷淡，仿佛要拒人于千里之外。

二人的关系，就像踩在钢丝上，一不留神，便跌落万丈深渊。

有一天，秋菊发现，雪梅最近居然开始接近自己的男友了。她时常发现他俩在教室里谈笑风生，酸得她牙痒痒。

一次，下课铃响了，秋菊低头多背了一会儿书，想找男友出去走走时，却发现他不见了。于是，秋菊只得独自一人来到教学楼后面的荷花池边，却意外地看见男友和别人在一起。那人正是雪梅。

　　这还不算，雪梅的手还搭在他的肩上，脸上挂满了灿烂的笑容。

　　秋菊一股怒火直冲心头，她死死地咬住了自己的嘴唇，紧握的拳头剧烈颤抖了起来。

　　她有冲过去把雪梅推倒在地的冲动，但顾及自己的形象，尤其是在男友面前。她只得勉强微笑着走过去，说："不好意思，打扰了，我找雪梅有点事。"

　　二人一起来到人迹罕至的小树林，雪梅还以为是要商量什么机密。此时秋菊的怨气，就像一座火山的岩浆般，终于喷涌而出了。

　　秋菊一把揪住了雪梅的衣领，开始数落她的"罪过"："你说说你，你到底哪点比我强？凭什么你就有很多人陪着，而我没有？你总是抢人风头，学校里很多表演，都是你去的。班里竞选干部，投你票的也多。我一直都在忍你，没想到你不识抬举，自己身边有那么多男生，还嫌少，还想抢我男朋友是吧？"

　　她吼完这些话，就一把推开了雪梅，不容她辩解，扭头走了。

　　从那以后，二人就极少说话，连招呼也不打了，像陌生人一样。

　　这种僵持的局面持续了很久，直到几个月后。

　　一次，学生会给秋菊布置了一个宣传音乐会活动的任务。这对她来说，有些困难，因为她文笔不太好，这是她第一次接受写作的活。她愁眉不展，但是又不好意思跟组织说她不会。

没想到，没过多久，一个信封便出现在了她桌上。她拆开一看，是一篇手写的、字迹工整美观、内容又极好的宣传稿。落款竟然写的是"秋菊"。

她知道是雪梅给她的，她心中诧异，雪梅是怎么知道的，又为什么愿意帮她，那天她明明冲雪梅发火了。

或者说，雪梅是想告诉我她比我强？秋菊心想。

这个念头刚一出来，她就又按捺不住了，又一次找到雪梅，想单独跟她聊聊。

这次，秋菊没有发火，她盯着雪梅，问："你什么意思？"

雪梅看着她："没什么，就是想帮帮你。"

秋菊原本不信她，但是看到她的眼神清澈无比，毫无虚假之意，便没再怀疑。

"可是为什么？我一直看不惯你，你难道一点都没看出来？"

雪梅愣了片刻，忽然大笑道："哈哈哈，我知道，可是我这人就这样热心，关心别人，能及时发现别人的难处，并给予援助，不管对方待我怎样，毕竟，我们是同学嘛！

"而且，同学之间，相识本就是缘分，何不多一些信任和帮助，这样心里舒坦，也可以多一些朋友！

"而且，那天，我跟你男友出来，其实就是想帮一下他。他的难题被我发现了，我就想给他一份真心的鼓励，没别的，就像帮你一样。"

雪梅说完这些话，就不再说了。但是她嘴角挂着的丝丝甜美的微笑，让秋菊相信她是真诚的。

秋菊愣了。

这天晚上，她彻夜未眠，心里一直在想雪梅的话。好像，一直卡在她心底的东西，默默地消融了。

又过了一个星期，学校举办了那场音乐会。这一次，出乎所有人的意料，第一个节目，居然是雪梅和秋菊两个人的合作节目，悠扬美妙的琴声伴随着动听的歌声，简直是绝配啊！

台下响起了雷鸣般的掌声，这可是破天荒啊！

两位班花，在这如花似玉的岁月里，终于齐齐绽放在了舞台之上。而这一次，她们将冰释前嫌，永远并肩，成为最美的风景！

老爸的作品——《邻里》

"咱楼下今年没供暖啊！"吃饭的时候，李清媳妇没好气地说。

"嗯?"李清一愣，心不在焉地应了一声，"怎么了?"

"还怎么了? 他家省了钱，蹭了咱家的暖。"

"那有什么办法? 你还能让他家给咱钱? 楼上楼下的，再说供不供是人家的自由，暖气公司都不管，咱操什么心?"李清一边吧唧着嘴，一边跟媳妇说。

妻子放下碗，把筷子狠狠摔在桌子上，剜了李清一眼，没好气地撑道："哼! 你是哪一家的? 他家不供暖咱家温度就上不去!"

李清看了一眼妻子，没再搭理她。

第二天，两家的夫人在电梯里相遇了。李清妻子把脸扭到了一边，还为楼下蹭暖的事耿耿于怀呢。要在往常，她早热情地打招呼了。

"哦，出去买菜回来了!"楼下的不知就里，主动打起了招呼。

李清媳妇也没回头，只是从鼻子里"嗯"了一声。

"你们家都挺爱锻炼的哈，又跳绳又拍球的，活动到很晚呀。"沉默了一下，楼下媳妇好像刚想起什么来，嗫嚅着嘴唇，终于说出了这个话题，"以后还是尽量轻点，俺家孩子快中考了。"

"呀，我们在自己家里锻炼身体，怎么影响到你们家孩子中考了？"李清媳妇不乐意了，转回头冷冷地说。

"不是，我是说尽量动静小点，没有别的意思。"见李清媳妇不高兴了，楼下媳妇急忙赔着笑脸说。

"怎么锻炼是我们的自由，用不着你来管吧？就像你家交不交取暖费是你家的自由一样，我们说过什么了？"

"哎呀，大妹子，听意思你是对我们家没交取暖费有意见呀！"楼下媳妇不高兴了，电梯停在她家楼层，也没急着走，站在楼梯口反问道："我们不供暖有我们的原因，影响到你们供暖了吗？"

"怎么没影响？你家省了钱，我们家温度就低了，你说有影响没？"李清媳妇怒声反问。

"温度低了你找暖气公司去，睡不着觉了还怨床歪啊？真是不可理喻。"楼下媳妇丢下这一句，扭头就走回家，"哐"的一声闭上了门。

"你说谁不可理喻呢？你们家才不可理喻呢！小气鬼，连暖气费都交不上。"李清媳妇在身后恨恨地说。

从此，本来关系挺好的两家，算是彻底翻脸了，拐带得两家老老少少都有些尴尬。为了报复楼下，李清媳妇和孩子的锻炼越闹越凶、越来越晚了，还得意地说，这就是楼下得罪楼上的后果。

转眼一个月的时间过去了，李清媳妇生病了。

开始的时候，她只是感觉喉咙有点不舒服，后来就感觉浑身没劲，但也没在意，以为是累着了。可是，晚饭后，她就感觉浑身疼，有点天旋地转了，一量体温，竟然39度多了。

到了半夜，李清发现媳妇情况越来越严重了，睡也睡不着，一会儿冷一会儿热，一会儿说胡话一会儿浑身发颤，情况真吓人。

怎么办？医院人很多。李清一边帮妻子物理降温，一边思考对策，决定在业主群里发个求助信息，试试运气："媳妇发高烧，谁家有应急药，救救急，万分感激！"

发完信息后，李清忐忑不安地盯着群聊对话框，感受着时间一点一滴过去的感觉。这么晚了，谁还在线？李清在心里叹了一口气，准备起身给妻子换湿巾。

"叮……"刚放下手机，一声清脆的铃音，又把他拉回手机屏幕，有人私聊他："我把药放你家门口了，赶紧退烧，可别跟我说你不需要啊！"留言后面还有3个加油的表情。李清仔细一看头像，原来是楼下媳妇的。

李清心里一暖，关键时候还是邻居帮大忙啊，要不大家都说"远亲不如近邻，近邻不如对门"呢？

吃了药的李清媳妇，体温迅速降了下来，虽然浑身还是疼着，但已经不再迷糊了。她翻来覆去睡不着，脑袋里浮现出一些画面。

快天亮的时候，她拿出手机，在微信上编辑了一条信息，犹豫再三，还是按了发送键。

不一会儿，她沉沉地睡着了……

2022 再见，2023 你好

首先，祝大家 2023 年元旦快乐！愿我们在新的一年里找到新的精彩，学习和工作更上一层楼，免受疾病的侵扰，每天都快乐、顺心！

回顾 2022，我心中充满了无限感慨。我永远记得上半年暗无天日的奋力备考和高考之后等待命运裁判的惶惶不安。然后接到了一个噩耗般的高考成绩。我本来以为自己可以，结果还是败了，这说明我水平不够，需要进一步努力。

然而，我又十分幸运，因为我在下半年，遇见了很多值得珍惜的人和事，包括你们。

昨天晚上，我和爸爸在屋子里进行了一场特别的对话。当时，我在看书，他在床上躺着玩手机。起初，我俩互不干扰，但是后来他突然打破了沉默，偏头看向我，叹了一口气说："唉，爸爸明年就五十周岁了。"

顿了一下，他又接着说道："我当时是三十岁时有的你。一晃，二十年又过去啦。"

我不知如何去回答，只能看着他，点点头。

"你说，我大概还能活多久呢？"他突然冒出这么一句。

我愣了一下，没想到他突然扔给我个这么沉重的话题。虽然生老病死是人之常情，但我之前一直认为日子还长，没必要考虑太多。他这么一问，让我有点难以接受。是啊，我长大了，爸爸却老了，还有妈妈，他们终有一天会离开。

我实在不想让气氛如此悲观，思索了一会儿，便绽出了个灿烂的笑容，眨眨眼，狡黠地说："嘿嘿，我刚才掐指一算，你至少还能再活五十年，成为一位百岁老人。再说了，人老了是一种新的开始。"

他闻言开心地笑了笑，说："还是我闺女会说话，但愿吧。谢谢你，爸爸再也不怕变老了。"

紧接着，他又感慨道："蹉跎了半生，一事无成，到头来啥也没有。"我调皮地笑道："哪有哪有，你有一座宝藏——一位特别好的闺女。"他笑了起来。

今天一早，我在背英语单词时，突然手机响了，收到了来自妈妈的一条微信："祝女儿元旦快乐，新的一年健健康康、快快乐乐、平平安安。"我心里一暖。

早饭后不久，我便把这份爱与关怀传给了他人——我给很多人都发了一句"元旦快乐"，强化了下过节的仪式感。他们也纷纷给了我暖心的回应。离过春节也不远了，现在，街上已经能听到噼里啪啦的鞭炮声了，给人一种满满的喜庆感。

我最近在家，学了不少东西，但一样精通的也没有。

我唱歌，连爸爸都说不好听；我学跳舞，但一遇到高难度动作和快节奏就有些束手无策；我练钢琴，也是只能弹一些简单的，还不如小时候。

罢了罢了，有些东西，自个儿开心就好，就当自娱自乐了。

富有情趣的我，还给我的钢琴取了一个名字"黑王子"。本

花开的声音

来，这位大家伙，就是乐器中的贵族，音色最好，没有之一。它本是西洋玩意儿，但是我家的这个，原产于韩国，已有几十岁了，是一位"老伙计"，陪我也有好多年了。虽然我更喜欢国风古韵，但这架钢琴，我也很珍惜，不仅仅因为它贵重。

球球特别聪明，还活泼，但也有"孺犬不可教也"的一面。我爸爸想训练它在固定地点大小便，甚至把它关进了笼子，直到最近才学会。它一直想有人陪它玩，尤其是跑着玩追逐赛。害怕的时候，它就叫两声壮胆，然后把头藏在柜子底下，结果身子还露在外面呢。

总之，在新的一年里，愿你我都有个惊喜，愿所有期待都梦想成真。

第三章 海边有约

小年杂记

——被年味唤醒的烟火

除夕和新的一年即将到来，我们一家人去超市置办年货，买了不少东西。

这段时间，虽然放弃了云支教，但还有别的事要做，也就闲不下来。家里供暖了，就像春天一样暖和，但长期在室内生活，让我对外面的冬天世界有些不耐受。其实我觉得这不太好，没有了冬天的味道，没有了四季分明的感觉。天气预报说会下雪，也没下，让人不免有些失落。临近过年，妈妈的长寿花开了，红红的，一簇簇的小花，格外漂亮，仿佛预示着来年的好运。

昨天早上，我和爸妈打算带着球球去兽医站打疫苗。那小东西很聪明，一见我们穿上大袄，便知大事不好，像一只野兔般敏捷地蹿到了柜子底下，只露出一个小脑袋试探性地往外瞅。一见我们凑近，便警惕地缩回去，生怕把它带出去，活像一名埋伏着观察敌人行动的兵，但后来还是被拽出来了。它一出门就瑟瑟发抖，尾巴耷拉着，夹在两腿之间，寸步不离地跟着人，有时蹿到前面，见我们还没影儿就又回来。我爸说这小家伙没见过世面，像一位大家闺秀，头一回"出阁"，以后得带它常出来走走。我回应道，其实这也没啥，胆小也是对自己的一种保护。正说着，

花开的声音

车库前面驶来一辆车，球球被吓得吱吱叫着往回跑，趴在原地不敢动了，逗得我们哈哈大笑。

给球球打了疫苗后，便把它送回家，放下车，我们步行去了中心街上的超市。街道上人来人往，车水马龙。

超市里人声鼎沸，且早已挂起了大红招牌，写着"兔年大吉""恭贺新春"等字样。写着"折扣""大甩卖"之类的挂牌吸引着人们的目光。中国结、春联、年画等商品，也已摆在了刚进门的柜台上。

明天是小年，我和爸妈买了一幅灶王爷像，准备上供。我们采购了大量的鱼、肉、甜点、水果、蔬菜等物，准备过年吃。

有很多人和我们一样在置办过年家当。

其实我早已形成清淡的饮食习惯，不再爱吃让人发胖的甜的东西。但爸妈盛情难却，快过年了，就偶尔破个例吧，哈哈。

回到家中，球球一如既往地扑上来，摇着尾巴欢叫着表示欢迎，还抬起两只前爪搭在人的大腿上，以表示亲热，让人欣慰。它和家里的每人都热情打招呼，像个孩子一样。它的垫子在我卧室，但它每次临睡前都要去爸妈的卧室里转转，像问候似的。我不由感叹，自家小土狗，十条藏獒也换不走。

夜晚，窗外依旧是茫茫夜色，但万家灯火依旧通明。每一处人间烟火，都是值得停靠的心灵港湾。愿世间一切，都永远平安美好。

小年快乐！

第三章 海边有约

品《苍兰诀》

　　有时候，动漫也可以是艺术品，《苍兰诀》可以说是国漫的优秀之作。

　　前些日子，在网站上看见《苍兰诀》的部分影视剪辑，我就被吸引了，马上就去搜了正片观看。嘿嘿，其实我当时最感兴趣的，无非就是里面的一些"倾城美男"。

　　《苍兰诀》有三好：画风美、人物好、情节棒。相比起一般的古风玄幻恋爱作品，它有很多优点。首先，画面精美，古色古香，人物外貌精致美观，充满美感。每一个人物、场景都倾注了设计师大量心血，就连风景也秀美得动人心魄。

　　其次，人物好。每一个角色，都有自己独特的性格，鲜明有立体感，仿佛现实中的人。每个人的个性都不难看出，比如男主"上古魔尊"东方青苍桀骜不驯，心气高，敢于同天地对抗。虽然有些高冷，但也有不为人知的温情。

　　最后，情节棒。动漫人物无非就是理想中的模型，有出众的容貌不足为奇。但这动漫的新奇之处，就在于它的中华文化元素，当然也有不少有趣的笑点，让人快乐。如果仔细一想，就会发现许多人物的原型，都源自中国民间传说，比如"走过场"的射日的后羿、广寒宫的嫦娥、劈山的沉香、二郎神杨戬、哪吒三太子等。这些人物来源于神话，又高于神话，但并无肆意乱改。开头处，东方青苍与众神精彩激烈的战斗，给人以视觉冲击，是一场视觉盛宴。就连他们的服装设计都有独特的民族元素，比如喜婆的绣花鞋、中式喜服等。命名也很有国风特色。有些招式，甚至套用了古诗，比如沉香的"时人不识凌云木，直待凌云始道高"。

总之，满满的中国风，满满的文化自信。

《苍兰诀》里的爱情比较虐，虽然有"霸道魔尊爱上纯情小姑娘"这样的套路设定，但情节并不俗气。它深刻地揭示了一些发人深省的关于善恶的思考。东方青苍作恶多端，却被一个普通的兰花小妖女感化，并逐渐互生情愫。小兰花漂亮可爱、单纯善良而且真诚，有纯真的感情，在东方青苍身边保持着自己的可贵品质。她关心他人生死，曾试图阻止东方青苍杀人，并祈求对方帮助别人，做好事。正是她的存在，唤醒了东方青苍潜在的善意。

九渊的一位长辈说过一句富有哲理的话：人心中的每一丝善意，都值得珍惜。

世人皆知魔尊青苍恶，但与之对抗的神，就一定善吗？不，记得沉香救母吗？在这个故事里，它却成了悲剧。东方青苍帮助沉香修斧子，为表感激，沉香跟随其后，二人一起来到华山，不料被亲舅杨戬安上了"私自勾结魔尊"的罪名，沉香在上华山之前就被杨戬的哮天犬咬死。儿子死去，三圣母哀号，但亲哥杨戬毫不后悔，认为自己只是执行"天道规矩"，这便是神的善吗？连梅山七圣都参与其中，简直是助纣为虐，无一人为沉香鸣不平。说起来，三圣母，不也是因为天庭规矩被压在山下的吗？

反倒是东方青苍的怒吼，道出了人间真实："他只是想救自己的母亲，他还是个孩子！阻止一个孩子活下去，你们还要不要脸?"为了沉香，他甚至不惜冒险使用禁术，试图扭转生死。他敢于与所谓"天道规矩"作斗争，而且不止一次。

　　所谓人性，其实也不过善恶两面。二者可相互转化，也无明确界限，更无关身份。愿你我都坚守本心，不抛弃最初的善良。

　　好了，先说这些吧，明年再见!

　　马上就要过年了，愿大家在 2023 年一切顺利安好，找到属于自己的精彩，不负时光的馈赠。

花开的声音

"闹新春" 家庭小剧场

最近,在手机上看见一道选择题,问:"你认为最近的年味变淡了吗?"94%的人回答"是"。

也对。近几年,大家对过年的期待和兴奋之感早不如从前,连各种习俗的仪式感也每况愈下。但在我看来,今年这个年,依然富有趣味,充满欢乐和喜庆。

今年的"年",我们家由冷清的三个人,变成了七个。是的,舅舅、舅妈和我的小表弟、表妹从外地赶来,与我们一起过年了。这对向来喜欢热闹的我而言,无疑是一件激动的事。

除夕那天早上,我就安不下心了,连书也瞧不进去了,干脆玩了一天。

当天下午,他们一家就来了,还带了一只雌性雪纳瑞——一身黑不溜秋的卷毛,毛长得几乎快要遮住眼睛了,胖乎乎的。

他们一进门,我家那位"胆小狗"便哧溜一下蹿到了茶几底下,还受了惊似的嗷嗷乱叫,尾巴夹在后腿间,瑟瑟发抖得像一片在狂风暴雨中摇曳的小树叶。

我抱着它安抚了好久,它才慢慢镇静下来,和周围的人、狗渐渐熟悉起来。后来,甚至还"以小欺大"地挑衅舅舅家的那只狗。球球只有几个月大,而舅舅家的狗"巧克力"已有一岁多,它温顺、乖巧又聪明，也很乐意与人亲近。其实狗都这样，大概是巧克力年长，比球球懂事多了。

两家人久未谋面，如今自然是无比亲热地聊这聊那，很是开心。

除夕夜的晚餐十分丰盛，七人围坐在桌边，有说有笑，快活极了。弟弟妹妹年幼活泼，喜欢打打闹闹。弟弟上三年级，妹妹幼儿园大班。说来好笑，他俩还跟我赛跑，说句不客气的，就是同龄人，也大多跑不过我，何况他俩。这属于"螳臂当车，不自量力"。他们胆子小便拉我一起看一些"恐怖沙雕动画"，恐怖得我只想笑。这些玩意儿我实在看不下去了，就给他们放了一段正儿八经的恐怖片《午夜凶铃》，我自然没事，但他们却"怯"了。

后来，我们出去放烟花。那些烟花很美，花样也多。这是我第一次动手点烟花，竟一点也不紧张。巧克力被吓得一溜烟蹿到了别处，躲了起来，看来胆子也不大。烟花虽易消散，但在点亮夜空的瞬间，给人带来美的视觉享受，却值得珍惜。有烟花爆竹的声响，才算是真正的年。

弟弟经常"以小欺大"地打我、和我闹。但他根本不是我对手，我也让着他，但我一还手，我妈就责备我，说他还小，只是跟我玩。可这也不能作为挨打不能还手的理由吧？我是正当防卫！妹妹乖巧文静一些，弟弟也跟她闹，有一次妹妹被气得眼泪汪汪的，委屈地找舅妈帮忙出气。

弟弟不知何时"学坏"了，有了早熟气息。这不，除夕夜，他竟然问了我一个令我大吃一惊、令我对现在的儿童刮目相看的问题："姐姐，你有男朋友吗？"

一道炸雷在我心头蓦然响起，我赶紧说："没。"

"那你为什么没有？"他不依不饶道。

"不想找。"

"找一个呗。"

"不想找。"

老天啊，这年头，连小孩都开始关心我的爱情问题了。这家伙整的，我爸妈都没干涉，他操啥心，是不是下一步要催婚了？我不禁有点尴尬。

弟弟的早熟，还表现在他爱看魔幻恋爱剧《斗罗大陆》，还是电视剧版的。他刚拿到压岁钱时，满面笑容、十分开心地数了数，一千一百元。然后，他告诉我他不喜欢这个数，他喜欢整的，还要分我一百，凑个一千。那敢情好，比我爸给我发的九块九毛九的微信红包强多了。

当然，我妈也没让他真给。让人惊叹不已的还在后面——他竟郑重其事地收好这些钱以后，像个小大人一样，带着几分认真严肃地说："这些钱，我要好好攒着，一直攒它个八十万、一百万，将来娶媳妇用，还要买楼。"

周围人自然大笑，我附和道："好啊好啊，到时候，我给你一块钱，随个份子。"他点头答应了。

"将来一定会有漂亮的女孩子喜欢我的。"他又自信满满地补充道。

十岁孩子盼桃花，也是没谁了。我这个姐姐，也只能无话可说地愿他能如愿有个好姻缘。与他相比，我深刻地感觉到了"落后"。

等他们走了以后，我的生活暂时恢复了平静，希望他们下次再来吧，哈哈。

总有一些值得传承的东西

　　不瞒大家说，我是一个华夏文明的业余爱好者，尤其喜欢了解一些古典民俗，节日便是其中重要的一部分。它们是从古代流传下来的，带着一些神话传说、民间故事、历史和人们对生活的美好愿望的一些特殊日子。

　　然而网络信息大爆炸时代的到来，使得越来越多的身为华夏子女的人，把一些不该遗忘的东西都忘了。节日的仪式感正在被人们淡化，甚至连过年也淡了。提起花朝、中元这样的冷门节日，我周围的好多人都不知道。我很不愿意看到这种现象，毕竟，那是我们中华民族几千年的文化传承啊。

　　有部动漫，名叫《历师》，讲述的是一些拟人化的传统节日的故事。我没看过，但是对它的创意，还有弘扬中华文化的目的充满了好感，也挺喜欢制作组画的这些人物的。作者好像要通过这些人物，希望观众还能记得这些"老朋友"一样——别再忘了，它们也会伤心的哦！

　　总有一些东西，不应该被岁月蒙上尘埃。让我们一起擦去它们的灰尘，传承下去吧！

花开的声音

不容错过的珍宝

那些有华夏民族特色的、有中国韵味的动漫，我最感兴趣。下面，我就浅谈一下自己的一些看法。

（一）一部让节日活起来的作品

之前提到过的《历师》，主人公通过乾坤历将一个个传统节日化作历神。故事发生在现代都市，因此既有古风，又有现代气息。整部作品，可谓制作精良，画风独特，不但情节引人入胜、人物形象鲜明而富有特色，还融入了丰富的传统文化元素。不只节日活了，连一些文物，如汝窑瓷器也活了，很符合我的胃口。

如果你感觉当今节日气息衰退，那它可以让你体味到浓浓的节日气息，包括节日的来历、习俗，甚至相关的诗句等，在经历岁月的风吹雨打之后，呈现在你的眼前，用新颖的方式，唤醒你的记忆，上古轩辕帝也在此出现。

它将人类社会美好的一面呈现给你，在主线剧情之外，还穿插了许多个反映现实的温暖感人、催人泪下的小故事，展现了真善美，可谓是一部佳作。

我刚看了几集，便很喜欢。

（二）一个让人泪目的唯美故事

2016 年有部电影，以唯美的古代画风和凄美动人的爱情童话，获得了大家的喜爱。它就是《大鱼海棠》，一部由庄子的《逍遥游》衍生出来的故事。男女主角的名字，也很好听。"北冥有鱼，其名为鲲"，这条大鱼，为大家呈现出一段感人至深的故事。每一个画面，几乎都可做手机、电脑的壁纸。

2019 年，有一部曾上过《人民日报》，取得超高票房的动画电影，想必大多数人都看过。对，就是《哪吒之魔童降世》。稍微细心一点的朋友，就会发现其中也含有大量的中华传统文化元素，别说是哪吒、敖丙、太乙真人、申公豹，《封神榜》中的这类人物，就连李府的守卫，也是根据三星堆青铜器绘制而成的。主角哪吒一句"我命由我不由天"，点燃了整部剧。

它的亮点还很多。值得一提的是，这些好的作品大都经过长时间的打磨制作，且耗费大量人力、物力，比如《哪吒》就耗时三年，制作团队一千六百人。它告诉我们，友情、亲情的可贵，不认命，不向命运屈服，这才是主角的命，也是我们的命。

（三）我心中的国漫巅峰

最后，但最想说的是，我目前最喜爱的《苍兰诀》动画版，它有着同名小说、电视剧、漫画都没有的独特魅力。虽然目前剧集只有一部分，但我会一直追下去。它和《哪吒之魔童降世》一样，有大量的搞笑段子，让人边看边捧腹大笑。而且它的中华传统文化元素，比《哪吒之魔童降世》有过之而无不及。虽然男主、女主不是传统人物，但大量配角为神话故事、民间传说里的人物，甚至连活佛济公、新帝王莽也出现了。

导演为完成作品，带着整个团队翻遍了《古神谱》才铸成此杰作，从第一集"魔尊战诸神"就可看出团队所付出的辛苦。此外，大量招式器物，无不带着华韵国风，如"九曲黄河阵"、四大"不死神兽"之一的横公鱼、带有古代计时法的日晷，诸如此类，不胜枚举。

如今，各个性格鲜明的人物相继登场，再加上精彩的剧情走向、男女主刚开始不久的感情线，无不深深地吊人胃口。再加上诸如济公九度黄淑女的巧用，简直力荐啊。而且剧情波折，虽为仙魔世界，但也反映出了人类社会中的诸多现象：比如伪善、背叛，暗算、背地里的野心、各怀鬼胎，虚假的表面文章、贪财如命等（至于之前说的"虐恋"，是我猜的，哈哈，谁知道呢）。

既能吃狗粮，还能看到这么多丰富的文化元素，何乐而不为呢？

最后，希望我们能不负时代，多关注与国潮文化相关的东西，不忘传统，开拓未来，做一个更合格的中国人。

第三章 海边有约

夜游花朝园

最近，看到花朝园有一场花灯展览的广告。照片里那五彩斑斓的世界，在黑幕中显得格外迷人，令人心驰神往。于是在朋友圈转发三天免费领票之后，我们一家三口，外加一狗，一起去玩了一通，观看了一场独特的视觉盛宴。

门前的那只金凤凰很吸引人的眼球，过往的行人都纷纷驻足拍照。它身披彩色羽毛，昂首振翅，有翱翔碧空之态。这种上古神鸟，吉祥喜庆，是中华文明的产物，自然令我赞叹不已，但这只是当夜花灯的冰山一角。

穿过一片电子郁金香花丛，便来到大门前。上方挂着一只只大红灯笼，左右两侧树上挂满彩灯，迎面而来的是三个点爆竹的小娃娃，应时应景，颇有节日趣味。

进了门，穿过拱形走廊，两侧的"灯树"也让人眼前一亮。

"恭贺新年"四字，镶嵌在红色花阵中，周围有龙形图案的灯柱。

整个视野里，全是五颜六色的灯，恍若踏入了一片神仙居住的幻境，各种花灯在黑夜中发出灿烂迷人的光辉。其中，有一条走廊上还搭了心形拱门，就像婚礼现场，就差个红地毯了。

荷花灯、孔雀灯、鲤鱼灯，还有冰墩墩、玉兔和星球组成的灯。一幅古代婚礼图，画面中男女双方正在"夫妻对拜"，桌上的喜烛和香，很应景。一尊月老像立于树前空地上，背后的月亮象征阴晴圆缺，悲欢离合，手中紧握一根红线。这位人间的姻缘神，得好好拜拜，为以后求个幸福！还有反映成语故事场景的灯，如曹冲称象、凿壁偷光、雪中送炭等。这些灯，既可以观赏，又可以丰富自己的学识。

徜徉在花灯的海洋里，只觉得美不胜收。再加上络绎不绝的游人，好一番热闹的花灯天堂啊。我不禁喃喃自语道："凤箫声动，玉壶光转，一夜鱼龙舞。"

中间，我还去玩了一场射击游戏，得了个纪念奖——一个小摩托模型！这令我哭笑不得，这玩意，给我上一年级的妹妹玩，她都不稀罕吧！

所谓花朝，就是百花生辰之日，在传统农历二月之中，一般为初二、十二或十五。彼时人们到郊外赏花，为踏青姑娘们剪五彩色纸，粘在花枝上，为赏红。可惜，这是冷门节日，许久无人问津，怕是了解和记得的人也不多了，偏偏我是其中之一。

墙上有一首清代蔡云的《咏花朝》："百花生日是良辰，未到花朝一半春。万紫千红披锦绣，尚劳点缀贺花神。"这在《历师》中出现过，而且剧里的花朝是个美男，哈哈。

还有两个戴虎头帽的小鸡仔，老可爱了。这年头，虎头帽也成了文物古董了吧。

一路走过，仍是意犹未尽。这场观赏历时虽短，但见到了许多精美的花灯。若得机会，明年还要再访此地，届时，希望看到更多更美的灯。

一个孤独的坚守者

最近，我发现自己公众号文章的点击量在逐渐下降。虽然不怎么在乎，但是心里还是有点失落。我持续练笔，写人、叙事、描事物，不是单纯为了给别人看，而是为了提高自己的水平，这一点我必须牢记。也许写着写着，我还可以用它赚钱，将来毕业写论文什么的也不用愁了。但这是后话，现在的我，深知自己的斤两。

也对，反正现在大家都在追剧、刷视频，没有多少人会把时间花在看别人写的文字上吧！大家连名著都不看，又怎么会看我这个普通女大学生写的玩意呢？所以现在，我越写越寂寞了。

一般的影视作品提不起我的兴趣，所以，我把学业之余的时间都用来写作了。同时，为了练书法、为了不提笔忘字，我坚持先手写，再扫描、修改，每一篇，都要花很大功夫的。

但是，我这个人吧，可能就是有点倔，哪怕浏览量成了零，我还是想写。毕竟，人生在世，总得有一些坚持的东西吧。所以，我不会放弃。

此外，我估计我还是当代青年里为数不多的尝试了解、传承传统文化的人了。我注重习俗，追求节日的仪式感，经常读一些古典诗词、曲，体会古人词句中呈现的意境。

古人的诗句，随便一句都是艺术品，为什么大家都不感兴趣呢？随手拈来一句"落霞与孤鹜齐飞，秋水共长天一色""沾衣欲湿杏花雨，吹面不寒杨柳风""春城无处不飞花，寒食东风御柳斜"。这景象、情感，这字句雕琢，不亦妙哉！夸一个女子，除了温柔、美丽之外，还可以用"娇羞花解语，温柔玉有香""云想衣裳花想容"；形容男子的容貌，则可以用"宗之潇洒美少年，举觞白眼望青天，皎如玉树临风前"。

　　我看过《牡丹亭》《西厢记》《红楼梦》，等等，但是现在，又有多少人如我一般呢？

　　还是读点书好啊！

元宵节

正月十五，元宵佳节，你是否有闲情逸致，提一盏精致花灯，漫步在这"灯火与烟花共存，圆月照人间繁华"的元宵夜；或是坐在桌边，细细品尝一碗香甜的汤圆？

早上刚起床不久，我就给微信好友们群发了一句："2023，祝你元宵节快乐！"增强节日氛围感。春节过后，我们一直期待这个同样喜庆的日子的来临，早就准备好了过节的汤圆，不过就是比较传统的白糯米皮、黑芝麻馅，或是大黄米皮、黑芝麻馅，并没多少新意。这让我不太满意，毕竟有些东西，久了就会腻，不如来点新鲜的。

于是，今天早上，我上街买了三袋以前没吃过的汤圆，是水果馅的，有很多颜色，只是个头娇小了些，像一只只小丸子，倒也小巧可爱。伴着汤水盛在碗里，像一群潜游水中胖乎乎、圆滚滚的小娃娃，成群结队躺在碗壁上。那晶莹润滑的模样，让人食欲大增，忍不住多吃了几个。那香甜可口的滋味，久久地萦绕在舌尖，不愿轻易散去。水果馅的汤圆味道更为香甜，能吃到这些，很开心！

元宵节的另一特色，便是各式各样的花灯，过节必备，今年自然也不例外。我给自己选了一盏莲花灯，花瓣呈盛开之态，瓣尖鲜红身子白，像拉手手的少女；下系一条双股带珠红绳结，上拴一带白珠红线；可用木棍提着，十分精巧好看，我给它取了个名字"宝莲灯"。对，就是那个老电视剧的名字，讲述二郎神、三圣母故事的那个。中间一处圆形空隙，可以放进一个与之配套的白色蜡烛状的电子灯。打开开关，便会发出温柔静谧的白色光辉，衬着红白相间的花瓣，美得如梦似幻。吃过晚饭后，我便提着它出了门。

年复一年，用点燃的蜡烛供奉神明、祈福，是从未间断的惯例。元宝形小红烛，最为常见，但是今年又有了新的花样。一种大号金元宝外壳的粗红烛，出现在了我家里，上面还有圆形铜钱图案，刻有"招财进宝"字样，新颖、美观、吉祥，比之前的灯"高大上"了许多。

可惜，还是少了一道元宵节的特有风景，那就是祈愿的金色孔明灯，未免有些遗憾。那在夜空中缓缓浮动、飘荡的孔明灯，若是集结起来，定会是一番壮观、美好的景象吧。

春节过后，连续寂静了几天的城市，也在今晚被久违的烟花、爆竹声炸开了浓浓的烟火味。一朵朵五彩缤纷的烟花，争先恐后地"噌"一下蹿进夜空漆黑的幕布，在天边绽出一团团盛开的花朵。这烟花，和皎洁的圆月，地上的万家灯火一起，构成了一幅华丽的画卷。这，便是喜庆的元宵节。无论是天上的，还是地上的，都令人着迷。

我们家球球，今天也有了一件新礼物——一条红色带项圈的狗绳。套在脖子上，就像一个戴红领巾的"少先队员"。这小东西傻得可爱，点蜡烛时还好奇地凑过来，碰了一下摇曳的烛火，结果火苗一下子灭了，它自个儿也被烫得倒退了一大段。真是好一出让人发笑的"飞狗扑火"，毫无"飞蛾扑火"的悲壮感。

　　这个忠诚的小跟班，不但可以陪散步、陪跑，还时不时停下来等主人。三人中有一人落在后面，它都要回头瞅。它极为活泼好动，热爱奔跑、撒欢，见了陌生人，常凑过去闻一闻、嗅一嗅，但最亲近的，当然还是我们。它胆小如鼠，听到烟花、爆竹声，便吓得东躲西藏，还钻车底下。有时抬着两只前爪，一蹦三尺高，往人身上扑，想让人抱，增加一些安全感。我们仨一人提灯，一人牵狗，一人空手，就这样，走在街道上。

　　最后，给大家普及一下，元宵节在古代，便已为法定节假日，沿袭至今。未婚男女会在元宵节相见相识，这是相亲的好日子，可谓古代的情人节。它又叫"上元节"，亦有灯会。这是一年中的第一个月圆之夜，有戴兽形面具、男扮女装之习俗，所以又是古代中国版的万圣节。

写妖高人一等

——《百妖谱》书荐

当下，各种网络小说层出不穷。其中不乏内容大量注水，语言粗糙低下，情节套路化、庸俗的"下三烂"作品，让人心生厌恶。但优秀的作品也还是有不少的，比如我今天想聊的这部。

《百妖谱》是一部写妖和人的志怪小说，一开始在互联网连载，如今已上市四册纸质书，作为粉丝的我自然尽数购买。三年前，它开始动漫化并且走红，画风不错，但在人物绘制方面，存在轻微缺陷，所以我只看了一部分。这是网络小说中为数不多的"清水"之一，所以实在嫌名著枯燥乏味，看不进去的朋友，可以选择这部轻松又优秀的作品。

《百妖谱》的作者，用其丰富的想象力，在剧情主线之外，勾勒出了一个个温暖感人、催人泪下的故事。有言情，但不靠男女爱情取胜，它道出的是这世间的是非善恶、百态种种，虽然写妖，却折射出人世沧桑。古时蒲松龄的《聊斋志异》被誉为"写鬼写妖高人一等，刺贪刺虐入骨三分"，《百妖谱》可以说是新时代的"写妖高人一等，道尽世间沧桑百态"。

虽然没有批判封建社会的黑暗腐朽，此书仍有其过人处。"桃之夭夭，灼灼其华"，主人公是一位名叫桃夭的小姑娘，身着红衣，相貌美丽，手戴铃铛，是妖界一位四处奔走的江湖医生。世传"鬼医桃夭，善恶成谜，金铃过处，片甲不留"。实际上，她和一般人差不多，为了寻找丢失的宝物百妖谱，她和小和尚磨牙、蛇妖柳公子一起云游四方，沿途遇到了种种奇闻逸事，这就是此书的框架。

一路上，桃夭遇到了各种各样的妖怪，有的是慕名而来，请她看病治伤的，有的是纯粹偶遇，但不论是哪种，桃夭都出手相助。她是一位机智聪慧、心地善良、活泼可爱而又有个性、古灵精怪的小姑娘，参与了一个个既有泪水，又有欢笑的故事。当然，也有不少让人忍俊不禁甚至捧腹大笑的搞笑情节。语言叙述谈不上精美华丽，但也十分生动细致，有独特的趣味。

此书一大吸引人之处，便是那一位位形象鲜明的人物。柳公子有些自恋、轻浮，喜欢自编一些蹩脚的诗句，还想与李杜齐名，平日里常与人吵架，但实际心眼不坏。磨牙是个老实本分的出家人，但有时也冒出一些让人哭笑不得的言行，略有愚钝。三人之间啼笑皆非的闹剧，不可胜数。还有虽为兄弟，但性格迥异、同样有趣的司家两少爷，等等。

桃夭看上去有几分成熟稳重，却也还是个小姑娘，有不谙世事、幼稚可笑的时候。比如和柳公子争吵时的大呼小叫，在初见雷神时，见其英俊潇洒、气质非凡便一见倾心，不但要他知道自己的名字，还要跑去神女阁求自己和雷神的姻缘，还问出："他记住我了吗？神仙可以成亲吗？"之类的问题。只缘一面就"私定终身"未免显得草率，殊不知，她的真命天子是在后面才遇见的。这样的人物，反而更加饱满鲜活，富有魅力。

比起医治身体，更难医的，是心病。灰狐为了那位曾救过、陪伴过自己，一起许下诺言的少年，不惜自断尾巴，"同样是一条命，我觉得值。""我救的不是他，而是那个曾在醉梦中仗剑江湖的少年。"灰狐用四十年修为化成人形，只为成为少年真正的兄弟。怎料世事沧桑，人生无常，那个当年曾誓要一起"饮酒吃肉、仗剑江湖，去保护如你如我一样的弱小无辜"的少年，如今再见，却已是一个草菅人命的残暴官吏。

漱金鸟为了报答一对母子给过的温暖，在儿子死去后附身其尸，陪伴母亲度过余生。有一妖名为蜉蝣，寿命极短，朝生暮死，却用一天的陪伴，帮助了一个饱受欺凌、厌世轻生的狼妖重拾生活希望。庆忌一生只能使用一次日行千里的本领，它们自己不知道用完会死，只知道承诺了别人的事，哪怕等很久也得做到。幸好，那位善良的少年并没要它送远信，而是在弥留之际用日记记录真相，给它生的机会，让它出去看看大千世界。诸如此类的故事，不胜枚举。

《百妖谱》着实精彩，值得大力推荐。它反映了世事难料、人心险恶的现实，但更多的是弘扬真情，歌颂真善美。有些妖能做到的事，人却做不到。正如动漫片尾曲中的"妖有百种，皆善恶分明；人心一颗，却万千难测"，有时候，人比妖更可怕。

阅读此书，你收获的，不只是爱与感动。

告别寒假

这绝对是我自打上学以来最长的一个寒假，足足有两个多月，如今开学在即。但于我而言，不论是假期还是上学的日子，每一天都充满色彩。所以，也没多少感叹与惋惜。

回顾这个假期，我获得了以下感悟，和各位分享一下：人活一辈子，没有谁会轻轻松松、事事顺心。对有些不想做但不得不做的事，与其抱怨发愁，倒不如学会痛快接受，还能落得个好心情。世界如此广阔，能在其中走一遭，本就是幸福。做人自有做人的责任和担当，如果你想过上真正快活的好日子，那就去投胎做一条被人喂养的狗吧，就像我家球球"同志"一样。

这小东西，一天到晚，三分之二的时间都在睡觉，除了吃喝玩睡，就无其他事可做。不过谁让它是主人的开心果、一位忠诚的伙伴呢？

这厮现在长本事了，在我家沙发上"噌噌"地跳上跳下。原本给人坐的沙发，变成了狗的主场。此狗大逆不道，几乎与人平起平坐，真是岂有此理！

平时在沙发上懒洋洋地睡大觉的它，其实也是非常活泼好动的，而且机灵，只要听到开门声，就立刻跳下沙发，跟着人蹿出去。一路上，东跑西蹿，四处撒欢，仗着跑得快，还大胆地挑衅其他的狗。"会哭的孩子有奶吃，会哼唧的狗有肉吃。"吃饭时，你不给它吃的，它就缠着你，扒你的腿，嘴里哼哼唧唧叫着，叫你不忍心不给它吃。我们一家都拿它当人，常和它说话、拿它开玩笑。它渐渐地懂了一点我们的话，听到我们招呼它洗澡，就找地方躲起来。只要有人长时间没见它，再回来时，它便会十分热情地欢迎。不知我们暑假再见时，它会激动成什么样子！

若不是不想将来日子难过，恐怕没人会学习。我坚持早上六点半起床，就是为了多干点正事充实一下自己。但是眼睛不饶人，因为做了半飞秒手术，眼睛很容易疲劳，要经常休息，可能还要恢复一段时间，真是让人头疼。

其实我"闲事"也干了不少。"哔哩哔哩"官网是一个学习网站，也是容易发现热门事件、精品影视、文学作品的地方。我心爱的《苍兰诀》《百妖谱》，就是在这上面看到的。其实不只经历的人和事，这些喜欢过的书、追过的剧，也富有纪念价值，很值得被记录。

当今时代，还抱有"动漫幼稚肤浅"这种老式观点的人，要么思想落后，要么是年龄偏大。其实动漫早就不这样了，有很多动漫很值得一看。我喜欢电影和动漫，因为电视剧有四个缺点：时长太长、剧集太多、叙事节奏慢、剧情拖拖拉拉。有些内容还注了水，让人生厌。

《苍兰诀》绝对是一部神仙级别的极品宝藏动漫，制作精良，不但有波澜起伏、扣人心弦的剧情，而且有大量神话、历史人物，各具特色。每集我都看了两遍，还不定时地翻一下官方微博。毕竟，一般影视我看不上。

《苍兰诀》很好地将神魔、热血、搞笑、言情四大元素结合在一起，虽然在人物塑造方面还存在一点缺陷，比如把杰出谋士萧何设计成一个有些高傲、一意孤行的人，未免有些不合适。但比起那些一见钟情，从此一往情深的男女来说，《苍兰诀》塑造的爱情，要现实、丰富得多。当然，《西厢记》之类的名著除外。

《苍兰诀》中的魔尊和小兰花，一开始"相看两厌"，彼此排斥，不肯与对方一起相处。但在不得不相处的过程中，爱情的种子逐渐萌芽生长，虽然有不少吵嘴打闹，甚至闹矛盾、情感出现裂缝，但这样曲折的故事，难道不是更有趣吗？

《苍兰诀》的剧情还有很多发展空间，值得期待。除了比较繁忙的上学日子，我会一直追更。

《百妖谱》是网络小说中的巅峰作品。故事虽写妖，却有强烈的真实感，一段段令人唏嘘的故事，给人很深的触动。喜欢看纯言情的"低趣味"人群，还是绕道吧。这部小说很特别，男主出场较晚，而且和女主的感情线进展不快，其中有些故事的深刻内涵，只看言情的人自然无法去琢磨品味。我高中时就在看了，目前已追到第四册，以后出了新书会再买。这书里的角色，还很搞笑有趣。

我期待未来向我招手。我不怕没对象，就怕将来没钱没工作，我希望我能靠自己的双手开创一片新天地。

花开的声音

开学前后

又是一次长达数小时的车程。

望着窗外不断闪过的高速公路栏杆和远处的山脉，我不由得叹了口气。爸爸却在兴奋地欣赏着前面的山，说这些山比老家的好多了。然而我不以为然，认为还是自个儿家乡的好看。

一只白色、脊背略微发黄的小狗趴在我脚边呼呼大睡。我摸了摸它的狗头，问道："球球，我走以后，你会想我吗?"

妈妈笑着说道："球球，你说我会想你。"

"恐怕它不会想我，只想它的肉骨头吧。"

此时小狗睁开眼，先后瞅了瞅我俩，然后带着点嗓音长长地打了个哈欠。

我刚来学校的那天晚上，妈妈到家就给我发了条微信，说回到家，女儿不在家，不适应。我暗自笑笑，回道："没事，妈妈，我现在在学校里深造，争取过几年在海边成家立业，把你们接过来住，以后就可以一直在一起了。"

无论在哪里，那个对你千叮咛万嘱咐的人，永远是爸妈。其实我在学校的生活挺好，但他们还是不放心。

开学的升旗仪式，让我们看到了国旗护卫队的飒爽英姿。寒冷的早晨，我们身着厚衣都觉得冰冷刺骨。他们却穿着薄军装，在朝阳的金色光辉之下，红旗冉冉升起，也昭示着新学期、新征程的开启。

我跟小于、小张约好了，以后有空一起去看海，感受海风的吹拂，听潮起潮落的声音，顺便捡个小贝壳什么的，其实还可以一起出去吃个大餐。毕竟，我们是挚友啊，一起去图书馆学习，一起上下课，互相帮忙照应，一起说笑的那种。

我依旧尽量让自己把时间花在学习上，但有时也挺管不住自己，想去玩。为了让宿舍的布置更有生气，不那么冷冰冰的只有生活用品和书，我特地买了株鲜艳美丽的红梅仿真枝，搭配了一个白花瓶，放在桌上当饰品，真的很有美感。傲雪红梅，一直是我最爱的花。生活还是要有情趣的，不是吗？看到它，心情会很愉悦。

新的一年，青协也召开了第一次大会。会上依旧鼓励我们多参加活动，表现积极一些。我又是第一个起来做自我介绍的人，不过前几次介绍把我的词说穷了，这次介绍思考了一会儿，还说得不顺当。

我这个"青年健忘症"患者，有些去年见面比较少的，今年再见就不记得名字了，弄得我本人也有点难为情，幸好大家心胸宽广，不与我计较。逐一和熟悉的人问候，给这段新生活平添了许多温暖。下周就要迎来第一次期末考试了，青协干部们还提醒我们收收心，要认真复习，不要挂科。

希望顺利吧。毕竟，这是我最重要的事。

为了时刻提醒自己，我买了一个带白绳的卡套，打算挂在笔袋上，也给身边最亲近的那两人各买了一个。卡套中间画了一只摆书的柴犬，下面是一段幽默励志话语，既好笑，又催人上进。

花开的声音

我相信她俩也会喜欢这件小礼物的。我还买了一根粗重的钢丝跳绳，以后，就不用满大街到处跑了，还能起到更好的锻炼效果。

最令我感动的，还是小张带给我的家乡特产德州扒鸡。没想到，放假前的一句玩笑话，我自个儿都忘了，她还记得。过了两个多月，还是兑现了自己的诺言，小于也得到了一只。说实话，味道不是特别鲜美，但因为送礼人的心意，所以，这是我吃过的最好的鸡肉。

新餐厅也已重新装修，焕然一新。坐在里面吃饭，感觉特别好。

冬天结束了，春天即将来临。不知未来如何，但只要我们认真对待生活，相信一定会平安喜乐。

百味生活

最近一周其实没啥新鲜事，无非就是备考复习。

如今考试已经结束，可以暂时缓一口气了。很多同学都商量着聚餐、外出玩耍，我依旧选择泡图书馆。一次考试结束了，很快又会开启新的征程。人生一世，长路漫漫，但"世界灿烂盛大"，能在其中走一遭，本身就很好。更何况现在的生活，要比高中时轻松多了。

我特别庆幸身边能有两个志同道合的伙伴，她们都很好，也和我很合得来。反倒是宿舍里的人，我跟她们交往不多，因为很多时候找不到话说，也没多少共同话题，很多时候我也不愿待在宿舍里那一方狭小的空间，等我将来有钱了，一定要买一座宽敞的大房子。

我跟小张经常谈论古今中外的作家、故事，尤其是她情有独钟的《史记》。她说的东西，我大部分也都知道，她还夸我看的书真多，知道的也多，我听了不免有些得意。但是也深知自己知道的其实并不多，只不过现在很多人都不看书了而已。

我在宿舍里摆的那一枝玫红色的梅花枝，就像我心底的一束阳光。梅花是最高洁、最有骨气的花，不畏寒冬风雪、不与群芳争艳。这枝上既有盛开的花，也有含苞待放的花骨朵。梅是我最

花开的声音

爱的花，它是我宿舍里最美的风景。古往今来有多少文人墨客，也曾折服于此花，有时学习累了抬头看一看，就会不禁叹道："何可一日无此君？"

在学习之余，我也会看一些影视。可惜时间不多，只能看一些集数少、时长短的动漫剧。我依旧在追《苍兰诀》，其画风、人物、剧情都堪称一绝，还有大量的神话、历史元素，甚至随便一只召唤兽，也都源于遥远的古代。各种风格并存，人物发动招式时的口令，也是很"文艺范"的，是我喜欢的类型。

最近又发现了一部全新风格的动漫，叫《甜美的咬痕》。可以说，这是中国影视作品中的第一部欧美风格的动漫。男主是基督教里的吸血鬼，和女主有"王子公主"式的爱情。剧情十分简单，就是一个单纯的唯美爱情童话，男女主的爱情太甜蜜，也不适合我，但那种西式风格的创新，还是蛮不错的。画面也很精致美观，值得一看。开头的钢琴曲《月下协奏曲》，舒缓悦耳。偶尔换种风格，也不错。

计划周末和朋友出去看海，希望玩得开心。也期待以后的生活更精彩。

附（小剧场）：

一女生：（提着手里的奶油蛋糕，故意跟我显摆）是谁还没有小蛋糕吃啊？

我：（开启撑人模式，还她一棒）我吃这玩意儿干吗？长膘吗？

她：……

第三章 海边有约

闪着光的人和事物

画外：最近，看到一个关于猫狗励志搞笑的卡套系列，实在有趣，让人发笑。谁会让动物们去读书呢？哈哈哈……

（一）与友相伴，走过午后的金色时光

3月2日中午，我和小于、小张约好了一起走出校门，去看看学校对面的海。穿过马路，便来到了一片松软细腻的沙滩上。只见蔚蓝的大海广阔无垠、一眼望不到边，在午后阳光的照耀下闪烁着钻石一样粼粼的波光，仿佛在一块巨人的蓝水晶上又镀上了星星点点的碎银块。迎面吹来略带腥味的潮湿海风。远处，水天相接一线，构成了一幅碧蓝的画卷。

这是我第一次和朋友一起看海。我们一路上叽叽喳喳地聊着，抛却了所有的烦恼，拍下的照片，也成了记忆中的一抹光。

海边屹立着几处礁石。石滩上、沙子里、礁石上，到处都有密集的小贝壳，有的已经粘在石头上了。顺着沙滩一路走去，不远处有一个小祠堂，有牌位、贡品，应该有人来祈福过。

回到正路上，我们去了商场，是我带她们去的。之前我说那是超市，她们很失望，还以为和学校小超市一样，结果发现是大

花开的声音

商场，又有些兴奋，还抱怨我描述不准呢。

小于说："好不容易出来一趟，可得好好逛一逛，怎么着也得买点学校里没有的东西回去。"

连小张都买了两盒沙琪玛，但我啥也没买，我对那里的零食、用品都不感兴趣，其实陪她们出来走一趟，本来就是一种快乐。何况她俩买的东西，肯定都会分我一点，我尝尝就行，嘿嘿。我们还约好了，打听一下集市的时间，再出来赶集。估计到时候，会有一次更愉快的经历吧。

人与人相交，看的不是身份、性别，而是性情是否投缘。所幸，我能拥有和我投缘的、最好的两位友人，真好！

（二）值得收藏的手办

虽然故事情节普通，但《甜美的咬痕》这部欧美风格的动漫，还是吸引了我。偶然间看到了一对男女主的双人手办（虚拟人物模型），觉得蛮好看的，就花20元买了（包括邮费）。我又一次把钱花在了玩物上。

那对手办虽然尺寸小，但十分精致、美观。两人穿着华丽的西式礼服，就像童话中的王子和公主。两人一手握剑，一手牵着对方的手，一副恩爱样子，这场景我没见过，应该是一个剧情的名场面。仔细一看，男主又像个骑士，手中的佩剑与腰间的黑腰带很搭，透露出威武。女主嘴角含笑，白衣红裙上点缀着黑红两色的玫瑰，美丽可人。两人像是在并肩作战，又像在互相保护对方。

本来还有一个背景牌，可惜我这套没有。不然，那个有教堂、十字架和象征着爱情的玫瑰背景牌，也是一个好陪衬。

多彩的校园生活

新学期，我们又增加了许多新的课程，比如信息技术、美术、近代史。信息技术已经上了一堂线上课，老师脾气贼好。有不少人在弹幕里胡言乱语、开玩笑，她也不生气，有时还回应一下学生的留言。比如：

"老师，只要你一上课，我就走。"

她："你这不自相矛盾吗，你现在不就在这儿吗？"

听说要上九十分钟网课，有人对她说："回见。"

各种令人哭笑不得的字在屏幕上相继滚过："老师，我现在回去睡觉行吗？""老师，我能打游戏吗？""老师，我能上厕所吗？"等等。

后来她只得说："要不，我先把弹幕关了吧，你们的弹幕实在太热闹了。"

虽然大学也有很多事做，但至少可以从容不迫、不紧不慢，一如我一直以来的风格。丰富有趣的活动，让人在学习之余，获得了提高能力的机会。

这不，3月5日"学雷锋纪念日"就有许多衍生品。学生们参加完一场关于雷锋精神的专家讲座之后，又开始执行校园文明执勤的任务了，目的是制止同学们的不良行为，其实，就是在固

花开的声音

定时间、地点站岗。

穿着久违的红马甲，戴上工作牌，我在旧食堂前站了个"早高峰岗"。"监工"的干部楠姐姐过来查岗，告诉我不要在站岗时玩手机——我赶忙表示下不为例，我又跟她咨询了几个事，毕竟她是"上级"，经验总比我们多，多交流总是好的。

执完勤后，顺便在食堂吃了个早饭。中途，两只棕黄色流浪狗闯了进来，嘴里还叼着点东西。我笑道："怎么，伙计，你们也是来吃早餐的吗？"它俩回头瞅了瞅我，又继续踏上了寻找食物的路。

食堂里有一处日式寿司店，里面有一架精美的长屏风，上面的灯笼和粉红色的樱花，看起来很有韵味。旁边还有一棵仿真樱花树，美丽素雅。寿司是日本食品，出现在中国大学的食堂里也算是一种跨国界文化交流吧。

宿舍楼下开了一个售书的摊子，不但有名著，还有漫画书、周边（包括明星照片、动漫画册等），还有很多网络上的言情小说。在琳琅满目的物品中，我看见了从前爱看的一些刑侦破案小说，比如《破云》《默读》等。我是一个很爱书的人，不愿放过任何一个阅读好书的机会，尤其是名家作品。在众多书籍中，我千挑万选，最终分两次选中两本——《流浪地球》和《红与黑》。一中一外，都是极为经典的作品。我虽未看过，但我一定会很喜欢这两本书的。

说句自夸的话，在同龄人中，我应该算是知识较丰富的一个吧。因为我与网络接触不多，所以与周围人并没有很多共同话题。我想劝一下周围的朋友们放下手机电脑，多接触一些经典名著。实在不济，也可以看一些名著改编的影视，和我一样，不断地用文学经典来给自己"充电",但恐怕没多少人会听我的。我曾经问过周围的许多人关于这方面的问题,但几乎每次都得到差不多的答案,就随便举个例子吧。

"看过《西厢记》不?"

"没有哎。那是个啥?"

"……算了,当我没问。那《红楼梦》总该看过了吧?"

"我看不懂。"

"……"

最后,我都懒得再问了,得到的答案都差不多。连四大名著之一的《红楼梦》都"落魄无名"至此,着实令人惋惜。我身边的朋友很多,但是大多都这样。我盼望遇见一位见多识广、博学多才的人,可以交流探讨的那种。若有,那生活定会增色不少。总有些东西,不该流失于岁月长河中,不该被大家遗忘轻视,因为那些才是真正的经典。

我偶尔会提到名著,但是不会详细分析,因为太复杂、太经典了,说起来恐怕没完没了,已经有很多专家学者在做这些事了。值得高兴的是,我所希望的人,最近已经遇见了。不过,下次再说吧。

诸位看官,欲知此人是谁,我与其如何打交道的,且听下回分解,哈哈。

我的偶像老师

周一上午，有一节英语视听说课。我和小张在门外聊天，有位年轻貌美的女老师走了过来，替我们打开了教室门——原来她就是这学期新换的视听说老师。之前的那个男老师不再教我们了，我还觉得有点遗憾，毕竟那个男老师还蛮搞笑的。

不知这个老师教得怎么样，我心里犯了嘀咕。事实证明，她很优秀让我钦佩、喜爱不已。认识了她，好像达成了我的夙愿，找到了一个特别想结交的人，又或者说，一个知己。虽然我们身份、地位不同。

老师姓焉。第一堂课，没给我们讲课本上的东西，而是给我们讲了很多其他知识，增长了我们的见识。有不少东西，我之前也已知道。我观察、分析、思考的能力也比较强，一下子就发现了老师真是见多识广、博学多才。她的话引经据典，一看就是肚子里很有墨水的人。

她说过一句很有道理的话——我们之所以学英语，就是为了"师夷长技以制夷"（出自魏源《海国图志》）。她给我们科普知识的同时，也把我们当朋友一样，交流一些她自身的经历、见闻。有一点和我很像，她说现在很多人都玩抖音，她却不玩。有时候跟别人聊天，老听别人说最近抖音上也怎样怎样，她一点也插不上话。

　　这种情况我也遇到过。还好小张、小于也不玩抖音，和我的共同话题相对多一些。我现在和小张常探讨历史方面的话题，最近还因为"王莽当时被谁夺权"而发生争议，最后还是百度解决的。

　　她告诉我们，她大学学的是金融贸易专业，我有点惊讶，我以为她是学汉语言文学的。学识如此丰富，甚至超越了某些语文老师，她其实更适合教语文，真是"天降良师"，我兴奋不已。如果她真的没学过汉语言文学，那就只有一种可能——博览群书。

　　带着眼底闪烁的亮晶晶的光，在课间十分钟时，我主动凑过去找她，想搭些话。

　　"老师，现在有空吗？我能跟你聊一下吗？"我笑着说。

　　她抬头："行啊。有什么问题问就是。"

　　"老师，你大学时真没学过汉语言文学吗？"

　　"没有，我学的是国际金融与贸易。"

　　"那老师一定看过很多书吧？"

　　"嗯，比较喜欢看书，最近在看一些哲学方面的。"

　　哲学？这我倒没怎么接触过，我知道其晦涩难懂，似乎荣格的《红书》就是此主题，我没读过。

　　太好了！我不禁暗自狂喜。看来以后有一个值得期待的、可以交流探讨的主儿了。我赶忙说："老师，我也喜欢看书！最近还结合自己的兴趣，在看一些汉语言文学方面的书，比如这本。"

　　我从桌上抽出了上课前在看的一本《中国古文学史》递给她，她接过去翻了几下。

"我倒是没看过这么专业的书。"

但她肯定看得很多，起码一些名著，她肯定看过。我仿佛遇见了一位和我有共同兴趣、久别重逢的知己。

"老师，你平时也经常看新闻是吗？"我看她对最近政治局势和发生的大事件也知道得很详细。

"对。"

"我也是！老师，我也看新闻（在微博上）。最近老是看到关于美国的事。"

"嗯。"

先这样吧，先打个开场，以后有机会再探讨。

"快上课了吧，老师，那我先回去了。"

上课后，她又给我们放了一部著名英文电影《阿甘正传》，我之前看过一部分。她给我们边放边解读，这种对待影视、文学的习惯，简直和我如出一辙。

后来，我们还多次在课上"一唱一和"。比如，她向我们透露，她以前不喜欢跟人合作，喜欢独断专行，后来才有所转变。我笑应："众人拾柴火焰高。"

电影情节里出现过一个名为"三K党"的组织，她问我们："听说过吗？"

我立马接道："听说过。"这是《福尔摩斯探案集》里的一个手段高明的暗杀组织，能把人的死，伪装成自杀或意外事故（可能记错，见谅）。

"那知道是干啥的吗？"

我言简意赅道："杀人的。"

她却向我们介绍了三K党的信仰、主张，我自愧不如。

她说话还挺幽默。上课时，一位同学的手机响了，她打趣说："这又是哪位老总的电话，别耽误了你的百万生意。以后手机调静音。"

下课后，我没有直接去找两位朋友，而是先去找了她。"老师，可以加个联系方式吗？"

"加 QQ 吧。"

"你急着去吃午饭吗？"

"不。我又不像你们一样，我下午没课不着急。"

"好，老师再见。"

焉老师，我敬爱的偶像老师。

与弟说"三国"

写给初看"三国"的弟弟的一些话。

最近，听你妈妈说，你已经开始看《三国演义》了，这很好。三国的故事有多火，不用我说，连日本人都爱。哪怕是少儿版，姐姐也希望你好好读一下这本书，必定让你受益匪浅。

姐姐也是从小喜爱"三国"，受你姑姑的影响，只是在当时，对此书看法比较浅显。你说你喜欢刘备、张飞，讨厌曹操，说明你已经对书中人物大致有了自己的看法。这很不错。

姐姐已经上了大学，也看过许多书，学识、见解要比你丰富、深刻得多。今天姐姐想从自己的角度，和你交流下"三国"。你也许不大懂姐姐的观点，但也请看一下，对你的阅读有帮助。

男孩子嘛，总喜欢打打杀杀的热血情节，比如三英战吕布、温酒斩华雄等，"三国"大概符合你的口味。但你要想真正读透一本书，还要往深里去。你可以试着分析、思考一下书中人物的性格及其他特点，甚至联系一下当时的背景。这项工作不太容易，就先交给以后的你吧。

乱世争锋，群雄并起，各派人物、势力尔虞我诈，相互残杀吞并，没有人是绝对的对或错、好或坏，"三国"大约讲解的便是此类故事。其中有些重情重义的人，比如刘关张、孙策和周瑜之间的情谊，就深重似海。这些人物往往都比较复杂，你说你不喜欢曹操，大概是因为他阴险狡诈、心胸狭隘，为乱世奸雄。但你也该知道，曹操求贤若渴，颇具慧眼、识重英才，有一番建功立业的豪情壮志。

"江山如画，一时多少豪杰。"周瑜"雄姿英发，羽扇纶巾，谈笑间，樯橹灰飞烟灭"，虽气量小，被诸葛亮"三气"而死，有些可笑，但不失为一介英才。莫以成败论英雄，这一点请你知道。赤壁之战，巧借东风，周郎意气风发，大败曹军。怎奈世事无常，遇上了命中注定的克星，也令人叹惋。

"出师一表真名世，千载谁堪伯仲间。"全书中，诸葛亮是姐姐最喜爱的人物——与其说喜爱，不如说是一种钦佩、仰慕。孔明先生神机妙算、才智过人，洞察时局和人心，决策果断、杀伐分明。更重要的是不慕名利，对刘备、蜀汉一片赤胆忠心，一生鞠躬尽瘁，死而后已。可惜还是扶不起那个刘阿斗，最终大业未成，积劳成疾，于五丈原驾鹤西去，千古同悲。姐姐认为他是"三国"里最出彩的一位谋士。

还有很多杰出人士，我先不跟你聊了，下次见面再说吧。

姐姐希望你快快成长，多读些书，长些见识。除"三国"外，还有其他名著《红楼梦》《西游记》《水浒传》《聊斋志异》《封神演义》《山海经》《儒林外史》，以及四大名剧等，姐姐都推荐你看一下。到时候，姐姐会跟你探讨一下相关内容。人物可能有点多，但请耐心读下去。

总有一天，你会感谢曾经那个爱读书的自己。

花开的声音

三个人的"剧"

　　虽然有时吵闹斗嘴，但我们仨一直都是彼此最好的朋友，这一点，我们都心照不宣。我们"生产"过不少令人啼笑皆非的笑话，不胜枚举。不信我随意挑些讲给你听：

　　小张的"至理名言"："你说现在我把自己的照片埋在土里，一百年以后，还会不会有人认出我来？"

　　"……"

　　一日夜里，走在去上美术课的路上，楼梯处。

　　小张："这楼好黑啊，怪吓人的，我害怕。"

　　我："怕啥？又不会有鬼把你抓走。"

　　课后。

　　小于："你俩倒是快点儿啊！怎么磨磨叽叽的！还走不走了！"

　　我（笑）："咋地，就你急？"

　　小于："我还以为你俩要搁这儿过夜了呢！干脆在这睡觉得了！"

　　小张："行啊，你去给我把司马迁的抱枕拿过来，我就睡在这了。"

　　下楼时，小张一直拉着我胳膊，生怕一脚踏空。后来，到了平地上她还拉我，我有点儿不耐烦了，就说："现在没事儿了，别再拽我了好吗？"

小张："完了完了，没爱了。"

小于："你俩能不能走快点儿？"

我："别急别急。孔明先生说过：'非淡泊无以明志，非宁静无以致远。'不要急躁，冷静。"

小张："就是就是，要学会宁静。"

小于板着脸瞪了我俩一眼。

每天的日子，都会有不同的乐趣，你说呢？

千古一帝的养成之路

　　嬴政年幼时，也很单纯善良，凡事都由丞相吕不韦决定，但稍大一些，他就发现自己只是一个傀儡娃娃。他不满意，决心改变这种状况。于是，他开始奋发读书，增长自己的智慧。

　　他并不是一开始就想干一番惊天动地的大事的。后来发生的一系列事变，让他年幼的心蒙上了一层阴影——自己所信任的丞相与母后有奸情，大臣嫪毐没有经宫刑就进宫，还发动了一场叛乱，再加上童年时坎坷的身世，让他忍无可忍。他想，难道旁人都以为自己软弱无能吗？

　　嬴政怒极，之后在处理事务时，他展现出了惊人的、与年龄不相称的成熟与机智。待到处死乱臣、丞相自尽、太后被流放关押后，他终于下定了干大事的决心——他想证明自己的能力，想让天下人从此不再受国家之间的战乱之苦，不想让世人再遭受自己曾经受过的罪。

　　于是，他广纳贤才，治理国民，扩充军队，将先辈创下的宏伟基业继续发展壮大。然后，他攻城略地，逐步吞并周围各国。他想通过短时间的战争，得到统治天下的权力和永久的安宁。

　　即使燕国的太子丹与自己曾是儿时深交的挚友，他也依旧像对待其他各国一般，欲将燕国收入囊中。他在心里告诉自己，这天下只能是秦国的，是自己的。

那日，燕国派使者觐见，谁知使者竟意图谋杀他。那刺客是谁派来的，多少能猜到。自己与丹自幼深交，对丹性情有所了解，想必是他做出此事来的。好吧，既然你先背弃情谊，那我也没什么顾忌了，嬴政想。

在战国争霸之中，人人各谋其事，在乱世之中，情谊又怎样？唯有统一天下的权力才能令人信服。打那以后，他就想让全天下的人都敬畏自己。

那燕王急着出卖自己的儿子，想保全燕国。好一场"父子情深"，在嬴政眼里简直太小儿科了。他早已猜到刺客之主，很快就出兵灭了燕国。

六国联盟不过尔尔，自己从中略施小计，就瓦解了。各国被逐一击破，秦国终于一统天下。他终于成了普天之下唯一的主人，功绩胜过"三皇五帝"。这幅员辽阔的万里江山，终于成了他的囊中之物。他终于成为不可一世、万人景仰的存在。

这一次，再也不会有人背叛、欺骗、利用他了吧，他想。他拥有的，是彻底的权力。但是，他还不满足，他想巩固自己的势力，让自己和子孙执掌天下。他想让所有人跪在自己脚下，永世臣服于他，臣服于秦，谁敢说一个不字，格杀勿论。

在权力终于到手时，年少时的梦想，终究成了野心。拥有权力与天下之后，他再也不是从前的他了。他变得霸道蛮横，不近人情，用各种残暴手段，统治国民。他的一些举措，让数不尽的人受尽折磨、家破人亡，苦不堪言。

乱世可以成就一代英雄帝王，也同样可以铸就一任暴君。从"秦王政"变为"秦始皇"以后，他就成了史册中的一位暴君。

天下人本以为从此没有战争，谁知，这只是新的灾难的起点而已。

他想获得的权力，终究成了一杯害人的毒酒，害了别人，也害了他自己。他用尽手段巩固自己的江山，连长子扶苏的劝告也听不进去，还把扶苏流放边地。晚年更是昏庸愚昧，妄想追求长生不老之法，企图得道成仙。

他开创了统一王朝，本该受万人敬仰，受万世歌颂，却终究变为了万人唾骂，也只得了个功过参半而已，死后还被人阴了一刀。

他不知道，他曾经妄想过的一切，最终都灰飞烟灭。秦朝很快在农民起义中覆灭，江山易主，更朝换代，没人惋惜。他追求的权力和王朝的绝对统治，最后都化作沙尘，唯有史书上的一堆文字，记录了这一切。

此一生，他究竟是对还是错，恐怕连他自己也说不清。他和许多人一样，终究被历史长河湮没。尽管死后，他留下了最华丽的坟墓，还有李白"秦王扫六合，虎视何雄哉"的千古感叹……

亦师亦友

自打上学期朱老师走后，来了一个年轻的男老师。眉清目秀，面容俊朗，貌似不超过三十岁，有几分当明星偶像的潜质。

我们专业男老师本就不多，碰上他，简直荣幸，不免有些欣喜。我是个爱好交际且喜欢表现自我的女生，当他询问有谁愿担任一下语文课代表时，因为我有不少事情要做便犹豫了一下，但又怕被别人抢走，很快又一次举起了"爪子"："老师，我愿意试一下！"就像当初和小于"应聘"英语课代表一样。

事实证明，我当时的选择非常对。我不但加了他的联系方式，还加入了他面向全体学生的大学语文群（那群现在已有700多人）。他经常在里面发文件、通知。

朱老师的主意很多，他让我们用"学习通"上交电子作业，要求我们上交纸质的读书笔记。现在有很多人不喜看书，此举大概是为了让我们读些有用的课外书，也算是十分有心了。他讲的课也挺好，文学常识很丰富，拓宽了大家的知识面。

他让同学们制作自己喜欢的文学作品或名人的PPT，然后上台演讲。这也是一个极好的促进学习的金点子，为学生们提供了展现平台，挖掘了学生兴趣，也锻炼了学生的能力。按照我的风格，那肯定是要参加的。我结合自己的见解，加了一些玩笑性的话语，介绍了一番"建安才子"曹植。他一一点评了我们的演讲，还夸我和小于的演讲挺有喜感的——小于讲的是鲁迅鲜为人知的逸闻趣事。

老师姓焦，不论课堂教学，还是课后与学生交流，都能看出他知识渊博。在他上第一节课时，我就观察到，他可能是个刚毕业没几年的"新手"，上课时不敢正视学生，眼光常不经意向上瞄，不是看电脑，就是看大屏幕——肯定是多少有些紧张。后来我一问，果然如此，他说，班里女生太多，看谁都不好。

他跟人说话时经常微笑着。我与他的交流不是很多，记得有一次他找我了解了一下我们班的一些情况。他在网上问我："大家上课回答问题声音很小，而且，问具体问题时，没人吭声。以前朱老师上课时也这样吗？"

我略一思索："嗯。老师觉得这样有点儿尴尬吗？"

他："啊？有点。"

我又补充道："可能大家都比较胆小、谨慎，觉得万一自己答得不好，闹了笑话，就丢人了。不过没关系，老师，我会积极回答你问题的。"

"哈哈，好的。"

我又提议道："美术老师采取了抢答加分的办法，老师可以一试。"

"嗯，这也是一个方法。"

可能他看我平时上课积极，文学底子不错，就问了我的成绩。说实话，我有些不太好意思说，毕竟上学期光顾着听了，没及时记笔记。他却安慰我，说 80 多分还可以。

他童心未泯，喜欢卡通布朗熊，微信、QQ 头像都是布朗熊。

有一次我和两个朋友去帮他的忙，他还分给我们一人一大袋零食。

焦老师知识渊博，于是我萌生了与之结交、探讨问题的念头，幸运的是，他给了我这个机会。小张喜爱《史记》，他便给了我一部《史记》原版古籍电子版，供我们传看，可惜我们看不懂繁体字。

后来，我经常跟他交流，聊的大多是文学、历史方面的知识，有时也闲聊。我发现，他不但是我们的老师，而且渐渐成了我学习和生活上的朋友，他还给我指点文章了呢。

我跟她们提及时，小张也想跟他交流探讨，但不太敢。后来干脆加了他微信，连带小于一起，组建了个"课外学习交流小组"。四人一起，聊得也挺欢。他很快就跟我们三人混熟了，有一次还夸我们"才女""小仙女"。小于拍了一张他上课的照片，夸他帅，他推说"岁月不饶人了"。有一次，他跟我说："你们现在正处双十年华，是一生中最好的时光。读书，学习，恋爱，旅行，干啥都好。"我调侃道："读书、学习还好，恋爱没指望了。自己的事情都忙不好，哪儿有空去跟别人纠缠？"

他很有耐心，谈到某一方面知识时，常常打一大段字来发表自己的见解。有时分享网上的资料给我们，让我们长见识。跟他交流，一点儿压力也没有。

这样一位良师益友，怎能不让人敬爱？

花开的声音

笑侃《封神演义》

——正经和不正经的话，都写在这了

最近忙里偷闲，开始"复习"一些经典名著。《封神演义》是我看的第一部。

这是明朝时期的长篇志怪小说，虽为古文，却比较好懂，接近现在的白话文。读来妙趣横生，简直让人爱不释手。

这是继《西游记》之后，最著名、影响最大的一部神魔小说，以历史上真实的周武王灭商伐纣为背景，叙写了商朝末年在纣王的残暴、荒淫的统治下，广大人民奋起反抗的故事（核心思想：你不让我们好过，我们就把你拽下来，换个主）。除了虚拟了一些神魔妖怪之外，也把一些真实历史人物神化了，姜子牙就是其中之一。

全书共一百回，回回精彩。语言简练而细腻，描写生动，还配有大量诗词，作者的才气着实令人敬佩。书中塑造了大量鲜活饱满、有血有肉的人物形象，各有特色。虽为虚拟，却也充满了强烈的真实感。情节波澜起伏、扣人心弦，比起儿时看过的青少版，内容详细、丰富了许多。

其中哪吒、杨戬、姜子牙三位，是大家耳熟能详的人物，也是我最感兴趣的三位人物。姜太公钓鱼，愿者上钩。姜子牙大半生寂寂无闻，七十二岁那年才遇上明主（人家七十多岁在家养老看孩子，他却才开始创业），为报知遇之恩，倾尽余生之力，助其成大业。身为"四大谋圣"之一的他，足智多谋，让世人敬叹。在《封神演义》中，他是一个神一样的人物。

杨戬，又称二郎神，两个关键词：天眼、哮天犬。没错，不论是在《西游记》，还是在《封神演义》里，他都是天界第一养狗专业户。哮天犬是他精心饲养的坐骑（杨二郎：滚！你家的坐骑！）——啊，不，是他的一条仙犬，战斗时可以杀敌的（人家骑虎、骑鹿、骑战马，他领着一条白色土狗，是不是很拉风）。他机智勇敢、忠义正直、武艺高强，在姜子牙帐下立下了赫赫战功，战后被册封了一个更洋气、更高大上的名字：清源妙道真君。当然，对很多女生来说，最吸引人的，还是他那丰神俊朗又威风凛凛的外表，简直让人浮想联翩，可以参考一些影视作品中二郎神的形象（流口水中）。据说，他是玉帝的妹妹和凡人偷偷结婚生下来的，还有一个老妹名叫三圣母。他母亲因为触犯了天条而被囚禁于桃山之下，他就成了天界"留守儿童"，从小缺爱。各位，你说说，这能忍吗？于是，二郎神成年后，就带着一把大斧子，劈开了桃山，救出了母亲（桃山：然而并没有人考虑过我的感受。冤啊！其实我才是最可怜的那个）。不过，这不是《封神演义》里的情节，我稍微科普一下。

至于哪吒，就更奇葩了。他是灵珠子，借用陈塘关三太子的身体投了胎，殷夫人怀了他三年多（史上最长怀胎纪录，没有之一）。生下来时是个肉球，像西瓜一样，切成两半之后，哪吒就"啪"一下跳出来了。出生时，就带着师尊给开的外挂法宝：乾坤圈、混天绫，七岁那年下海洗澡（混天绫：那时的我，还成了

花开的声音

228

搓澡巾呢，竖子暴殄天物，真气煞我也）。这一洗，把东海龙王熬光的老窝震得地动山摇。夜叉出来一探究竟，哪吒心气高，直骂"畜生"，用乾坤圈打死之后，还笑说："哎哟喂，把我的乾坤圈都弄脏了。"后来又扒了三太子龙皮、抽了龙筋，说他老爹是一条"老泥鳅"（试求老龙王的心理阴影面积）。哪吒年轻气盛、血气方刚，但又不畏强暴、敢爱敢恨，重义气，曾霸气地喊出一声"我哪吒一人做事一人当，凭什么牵连我的父母！"后来自杀谢罪，把骨肉身体交还父母，护他们周全。却因父亲烧毁其庙、碎其神像而心生恨意。种种"熊孩子"一般的事迹，却彰显了哪吒的真性情。后来，死心塌地跟随姜子牙，与杨戬成为战友。他还有一副风火轮（若能加上一块滑板，就更帅了），因为有一个莲花真身，又被网友戏称为"藕霸"。

　　好了，话不多说，我先讲这些好了。第一次尝试用另一种语言风格来写的文章，如有差错，希望多多包涵。

有一种财富，叫初心

——"劈山救母"传说的思考

　　杨戬和沉香二人都做过"劈山救母"的事，起因都是自家母亲触犯了天庭规矩，私嫁凡人，被关山下。而沉香的母亲，却是杨戬关押的。很多人可能感到奇怪，为什么杨戬会把自己曾经受过的苦加到别人身上，还是自己的外甥？对这个问题有很多看法，我现在可以聊一聊自己的看法。

　　年轻时的杨戬，有青年人身上比较普遍的叛逆和反抗精神，是"天庭规矩"的挑战者，所以他劈山救母。而当他成为一代传奇，在天上做神仙的日子久了，每天被环境所影响，就开始逐渐习惯了"天庭规矩"，慢慢地从心里接受了它们的存在。久而久之，就在不知不觉间，成了安然处在"天庭规矩"中的一员。当类似的事情再次发生时，他为了维护天庭的规矩，就对自己的妹妹下了手。

　　从这个角度来看的话，杨戬从"天庭规矩"的叛逆者，变成维护者和对亲人的加害者，其实是因为长久位列仙班，受周围环境的影响，被"同化"了。这样分析，也就不奇怪了。

　　就像历代王朝的开国君主，开始都是吸取教训，勤政爱民，开明治国，但随着手中的权力越来越大，便渐渐开始堕落、腐

花开的声音

化，他们厌恶"昏君"，可从没想过自己有一天也会在不知不觉间成为"昏君"。

所以，人最宝贵的，是历经世事沧桑、风吹雨打之后，仍能够坚守本心，初心不改，不管周围环境变成什么样。这说起来容易，做起来难。

不要轻易放弃自己最初的理想与信念，这比任何东西都贵重。坚持把它抓在手里。

如果你是一块金子，在经过流水和岁月的千淘万漉之后，希望你仍能闪烁出属于自己的一片光辉。而不是隐没在一片沙里，甚至褪去光芒，沦为千万颗沙子中的一颗，那才是真正的可悲。

第四章

让想象插上翅膀

有一个地方，
让想象插上翅膀，
飞翔，飞翔……
诗歌是生命的歌唱，
文章是思想的闪光，
童话是匠心的编织，
戏剧是生活的模仿，
……
那里就是文学的殿堂，
是我，
努力的方向。

风

春天的风
拂过大地
唤醒了一片
沉睡的灵魂

夏天的风
吹过池塘
带来了一片
睡莲的呢喃

秋天的风
飞过果园
留下了一片
金色的丰收

冬天的风
掠过村庄
撒下了一片

调皮的雪花

童年的风
流过脑海
荡起了一片
五彩的回忆

秋风娃娃

淘气的秋风娃娃，
打落了一地的树叶，
揉皱了水姑娘的脸，
赶跑了树上的蝉儿，
还不罢休，
把人们的光阴，
也一起吹走了，
转眼又是一年。

中秋节的月亮

中秋节的月亮，
很大，很圆，
高高地挂在空中，
像一块大大的月饼，
使人好想咬一口，
尝尝它究竟有多甜。

中秋节的月亮，
很大，很圆，
高高地挂在空中，
像一张家人的笑脸，
使人好想赶回家，
分享家里的温暖。

中秋节的月亮，
很大，很圆，
高高地挂在空中，

像另一个地球，

使人好想飞天，

乘着宇宙飞船去游览。

花开
的
声音

萤火虫

漆黑的夜里，
飘忽着一缕微弱的光，
划出一道美丽的弧线，
留在了我的心中。

那是
小小的萤火虫，
飘来飘去的
匆忙的身影。

因而
我步伐里充满了坚定，
向着远处
黑暗中透着光明的
一间小屋前行。

天使的眼泪

宛如天边璀璨的流星
天使的羽翼
划破漆黑的夜空

宛如星空中皎洁的明月
天使的身影
出现在茫茫苍穹之中

天使的翅膀
像云一般的洁白
天使的眼睛
像溪水一般清澈
闪着明亮光辉
仿佛能看透世间一切
天使的微笑
像彩霞一般的美丽
仿佛可以包容世间一切罪恶

可是

当天使看清人世间的一切时

却突然愣住了

嘴角的微笑荡然无存

她不知所措地望着人间

许久

一滴清亮的泪珠

从她红润的脸上滑落

一直下落

最后滴在了

一家冒着浓烟的

工厂的烟囱上

地球生了病

地球生了病,
得了白内障,
晴天也见不着太阳,
亭台楼阁湮灭了,
人们呼吸也不顺畅。

雨妈妈看见了,
赶紧淋水冲洗;
风爸爸知道了,
赶紧来吹呀吹;
可是,
树娃娃脱光了衣服睡了,
怎么来清洁空气?
风雨着急地哭泣。

人类该做啥?
宝宝问妈妈。
妈妈回答:

工厂节约能源零排放，
咱们呢，少开车，多种树，
绿色环保保健康。

宝宝听了大声嚷，
今天上学不开车，
蹦蹦跳跳上学堂，
锻炼身体，绿色出行，
我最棒！

雪 夜

——冬之思

纷纷扬扬的雪花，
飘洒在漆黑的夜空，
如一群洁白的精灵，
在预庆明天的元宵节。

不知明天夜里，
灯火通明之时，
会不会也下这样的雪，
飞雪伴花灯，
应是一种很美的景象吧？

我愿采撷一朵最纯洁的雪，
来装点漫天的孔明灯，
让心随着灯和雪飞舞，
给新的一年锦上添花……

地上的星光

　　这天下午吃完饭，我闲来无事，便来到窗边，透过玻璃向外张望，结果看到了一幅令我眼前一亮、美得如梦似幻的景象。于是，我灵感大发，就想描绘一下眼前之景，把这一幕定格在我的脑海里。傍晚的城市也有自己独特的美，看远处高楼林立，万家灯火照彻夜空，就像心灵找到了一座值得停靠的宁静港湾。

> 黄昏时分
> 连太阳都累了
> 在夜幕降临之时
> 她被无情的黑暗吞噬
> 不再散发出温柔的光辉
> 天边一道暗淡的金红丝带
> 便是她消逝后的梦
>
> 但是，你看啊
> 在太阳陷入沉睡的那个地方
> 点点灯火接二连三地亮起

宛若镶嵌于黑幕中的宝石
这微弱坚定的光芒
便是地上的星空

花开
的
声音

春·花之梦

春风姑娘
又一次踏着温和的日光
来到了久违的大地
唤醒了沉睡已久的花精灵

那春日里的花朵
就像出阁的大家闺秀
在枝头盛装打扮
仿佛要去迎接心上人的到来

你瞧啊
那些如新娘的花小姐
白的似雪，是纯洁的化身
粉的娇嫩，如天边云霞
似乎因出嫁而羞红了脸

有的绽放着笑意
有的含苞待放

犹抱琵琶半遮面
枝上藏着的
都是无穷的欢乐和愉悦

而那躲在花瓣间的蕊
蕴含着浓浓的希望
等到花儿母亲凋零了
就该生出一个个
令人欣喜的果孩子了吧

徘徊在花枝醉人的芳香里
我陷入了一片春日的梦

注：这首诗歌的灵感，源于在校园里一次赏花的经历。最近事情挺多的，但我相信自己能处理好，好在还有互相帮助的两位朋友。一年之计在于春，希望各位一年都美好吧！

花开
的
声音

大树和盆景

这里，虽然算不上繁华，但有条省道通过，人流量还是挺大的。

一位老汉在公路边的一棵大树下，摆了许多花卉、盆景，吸引了人们的眼球——这里就成了一个小花卉市场。

"这盆景有型，有意思！"一位过路的人，被那些造型奇特的盆景吸引住了，一边观赏，一边赞叹。

"这盆多少钱？"路人看上了一盆银杏树。你瞧，裸露凸起的根伸出无数的根须，紧紧地扒着浅盆里少得可怜的一点土；苍劲的主干，被主人扭曲，像在痛苦地呐喊着；头上的枝条还很茂盛，叶子不多，却油绿油绿的，真有一种不屈不挠的精神劲。

"五百！"老汉见有人问，并不惊喜，也没有讨好献媚顾客的意思，懒懒地回答。

"哇，五百？"身后的大树听完呆住了，"它可跟我一样，都是银杏树，这么小就值五百。"

"你真好，我真羡慕你，你有人照料着，还能卖这么多钱！"大银杏树悄悄地对盆景树说。

"是吗，你还羡慕我？"盆里的银杏树心碎了，几乎带着哭音说，"我还羡慕你呢！我天天在这里，看着你高大威武的身影，都是仰视的。"

盆景树哽咽了一下，继续说："这样说吧！如果我不在盆里，而是在你那里生长，我应该也会和你一样高大了，那里有阳光、雨露，有那么多土壤，还有鸟儿的歌唱……"

大树不相信，仔细盯着盆景树看了一下：是呀，你看那裸露的根，本来很粗壮，却只能拥有那么点儿土；有的干被截断了，有的枝被铁丝缠拉着……真可怜，不敢想象你受了多少苦？

"便宜点卖不？"树都沉默了，又都听到顾客的讨价还价声音。

"不卖！"老汉答道。

"好吧！"顾客犹豫了一下，还是掏出钱来把盆景买下了。

"再见！尊敬的大树！"盆景树被带走了，临走时，它恋恋不舍地对大树说。

"再见，朋友！"大树也有点儿舍不得了，可还是目送着漂亮的盆景树走了，心里多了许多感慨、许多惆怅。

河水要开了

清晨，银霜铺地，天气清冷。

习惯赖床的小妹妹，被妈妈从被窝里"请"出来，到水上公园锻炼，呼吸新鲜空气。

太阳还没有升起来，东方地平线上只有一抹微红。公园里，早起晨练的人们已经很多了。他们有的在小河边打太极，有的围着环岛路慢跑，有的在广场上随着音乐跳舞……

妈妈一边快步走着，一边回头催促小妹妹，嘴里还不住地唠叨："你思想上懒惰，身体就懒惰，就会生病。一日之计在于晨，快跟着我好好锻炼身体！……"

小妹妹才不管这些呢，她还在想温暖的被窝，她觉得这些人不好好睡觉，都是在犯傻呢！想着想着，步子变慢了，眼睛也四下张望着，就落在了妈妈后面一大截，早把昨晚信誓旦旦要早起跟妈妈锻炼的事抛在脑后了。妈妈只好一边做着扩胸运动，一边原地踏步，等着小妹妹。

"早知道我就不带着你这个小累赘了！"妈妈有些不耐烦了，抱怨道。

"妈妈，你看，河里的水要开了！"

"河水本来就没结冰封冻，怎么会说开呢？"

"你看河面上，有水汽，不是要开了吗？"

"哦，你是说河上的水汽，像水烧开了一样啊？"妈妈明白了，"其实，那是雾气，冬天水的温度比空气温度高，河水蒸发遇到冷就产生了小水珠，就像雾一样了。"

"原来是这样！"小妹妹恍然大悟，一高兴，几步就赶上了妈妈，一起说说笑笑，兴致勃勃地锻炼身体去了。

美的落叶

一阵秋风吹来，哇，好冷啊！一片杨树叶哆嗦了一下，不小心从树枝上掉了下去。

这是怎么回事，我怎么会掉下来了呢？在树上多好啊，有水分、无机盐从枝干上源源不断地送来，我就不渴了。我也会利用光照，制造出有机物，供给枝干营养，还能把氧气释放到大气中。我们是多么和谐的一家啊，我们相濡以沫，谁也离不开谁。

可是，我怎么会离开树枝呢，是树把我抛弃了吗？杨树叶感到非常恐惧，它好想再回到树上啊！谁来帮帮我呢？杨树叶有些焦虑。

"风啊，是你把我吹下来的，只要你把我再送上去，我就不恨你了，好吗？"风儿好像没有听到树叶的哀求，一闪身溜走了。

不久，杨树叶感觉到自己的水分正慢慢地消失，难过地蜷缩了一下身体：坏了，我就要死了吗？我可是给大树做出过贡献的啊！这可真是太不公平了！

又一阵风吹来，又有一片树叶悄悄地落在了它的身边。

"喂，伙计，你怎么也下来了，也被抛弃了吗？"先前的树叶多了能说话的伴，至少不是一个人寂寞地死去，心里少了些恐惧，好受了许多，搭讪道。

"咱可不是被抛弃,是因为天冷了,大树要冬眠了,我们的使命完成了,也老了,当然得落下来了,这可是自然规律啊!"刚落下的树叶坦然地说。

　　"原来是这样啊!可是,你一点儿也不留恋大树,一点儿也不伤心吗?"

　　"留恋是必然的,伤心也是难免的,可是有什么用呢?还不如开心一点好呢!"

　　是啊,伤心有什么用呢?!"可是,你就不觉得有什么遗憾吗?"

　　"我没有遗憾了。我在春天沐浴着阳光发芽,吮吸着雨露长大,又经历了轰轰烈烈的夏天,为树木的生长、大气的净化尽过应尽的义务。秋天来了,我也该歇息了。我要在生命的最后时刻,好好欣赏一下大地的风景,然后化作泥土,再回到大树身上。"

　　哇,这片树叶真是有学问,一席话让先前落下的树叶心胸豁然开朗起来:原来是这样啊!这就是我们的生命轨迹,还有什么可伤心的呢?

　　"哇,你真漂亮,黄灿灿的身体,清晰的叶脉,完美的轮廓,你不觉得是你把秋天装点得更漂亮了吗?"看着先前落下的树叶,后落下的树叶禁不住发出由衷的赞美。

　　"是吗?你也很漂亮啊!"又一阵风吹来,两片树叶翩翩起舞,结伴去旅行了,路上传来它们爽朗的笑声。

花开的声音

最后的树叶

秋天来了，很多树木的叶子都落了。

一棵生长在岩缝里的小树，被周围一些高大的树压得透不过气来。吃的呢，也是大树们施舍的一点点养料和水分，羸弱的身体都有点让人心疼了。

小树苗看着自己头顶上的几片叶子，每落下一片，它就发出一声叹息："唉，当最后一片树叶落下时，我就要被冻死了！"

一天，一只小鸟飞来，停在它的枝条上休息，听到了小树苗的叹息。

"怎么会呢，小树朋友？"小鸟说，"冬天树木落叶，是自然现象，是为了安全过冬。"

"哦，小鸟朋友，你不用安慰我了，我知道落叶是正常的，但我不一样。"小树歇了一下，又继续说，"我的身体太弱了！多活一天，对我来说都是很奢侈的！"

"是吗？"小鸟怜惜地说，"可你不是还活着吗？"

"我估计熬不过这个冬天了，当我的最后一片树叶落了，我就要死了。"

"千万不要这样想，我会保护你的。"小鸟坚定地说。

"谢谢你，可是，没有用的，你看大树都落叶了，更何况我呢？"小树摇了摇头，长叹一声，差点儿把最后几片叶子都摇晃下来了。

称不上树林的这块地方，又沉寂一片。小鸟下定决心要帮小树苗找到活下去的信心，就一直守候着小树，还叼来了树枝、枯叶，把家安在了这棵小树上。

　　一阵风吹来了，小鸟急忙喊住它："快走开，千万别吹这棵小树的叶子。"

　　"为什么呢?"风儿不解地问。

　　小鸟就把小树的故事告诉了它。

　　"可是，就算我不吹它，天冷了，雪来了，它的叶子也是要落的呀!"

　　"那我不管，你别吹它就行了。"小鸟说话挺冲的。

　　风儿绕开小树走了。小树感激地对小鸟说："谢谢你了，可是，没用的!"

　　气温在不断地下降。晚上，小鸟睡着了，霜来了，冰凉冰凉的，打在树叶上，像刀割一样。小树坚强地挺着，它不能放弃，它不想让小鸟伤心。

　　第二天，小鸟睁开眼一看，那几片树叶披着霜花，坚强地粘在枝头，小鸟高兴地唱起了歌儿。

　　下雪了，天更冷了。小鸟实在没有办法了，它自己都被冻坏了。小树叶实在挺不住了，一片，又一片，与雪花一起落到了地上。小树越来越微弱，几次昏睡过去，又在暖和的阳光里挣扎着醒来。恍惚中，发现枝头还有一片树叶，不一会儿，它又睡过去了。

　　在睡梦中，它觉得有一片树叶总是不离不弃，始终站在最高的枝头，给了它无限的力量，它预感到春天就要来了……

　　其实那不是树叶，而是那只小鸟，它每天醒来的第一件事，就是站在枝头……

花开的声音

温暖的家

冬天来了，树叶飘零。

一片树叶被风吹到一个角落里，出不去，也没有新的树叶再刮进来，孤零零的。

怎么会这样呢？我的命真不好！这片树叶唯一能做的，就是不住地唉声叹气。

"啊！好冷啊，再这样下去，我就要被冻僵了。"忽然有一个微弱的声音从旁边传来。小树叶听了非常兴奋，因为很久没有听到来自外界的声音了，听上去是那么动听。小树叶急忙循声找去，这太令人激动了。

"是你吗？朋友！你好，我是枫树叶！"小树叶终于发现了旁边的小甲虫，小甲虫瑟瑟地蜷缩着身体，好像就要被冻僵了。

"枫叶，您就是被诗人写进诗里的枫叶吗？"小甲虫问。

"是的，当然是了。可我现在很孤单，你能和我做朋友吗？"因为兴奋，小枫叶的声音都有些颤抖了。

"当然能，只可惜我就要被冻死了，冬天已经来了。"小甲虫说话已经有些有气无力了。

"怎么会呢？我来保护你，我给你当棉被，你就不会死了。来吧，到我这里来，藏到我的身子下面，我就是你温暖的家，为你遮挡风雨。"

"真的吗?! 那可太好了!"小甲虫听了可高兴了,重新燃起的生命之光。这束光,给了它莫大的动力,它伸了伸已经麻木了的腿脚,努力向枫叶爬去。

小枫叶小心地把小甲虫护在身子底下。哇,没想到我还能帮小甲虫过冬,这要比听到"春蚕到死丝方尽"的赞美,更让人幸福啊!

恶作剧的落叶

太阳还没有醒，星星还在天上眨着眼睛，已经有环卫工人在大街上忙碌了。

这条街不是主干道，主干道上都是清扫车在作业。但这里也是城市的脸面呀，加上人流量那么大，决不能让它有丝毫不干净呀，于是工人们开始了辛勤的劳作。

天真冷啊！环卫工人认真地在街上巡视，左手拿着土簸箕，右手捏着垃圾夹子，戴着手套的手显得臃肿而笨拙。

早早醒来的还有几片树叶，昨晚刚从树上掉下来的。它们对冷没有概念，所以还躺在冰凉的柏油路面上。如果仔细看，身上还披了一层薄薄的白纱衣呢！刚刚还感觉到有些冷清、寂寞，忽然见到有人来，就有些躁动起来。

"你看，那就是人类，而且是个环卫工人，专门跟我们作对的。"一片树叶说。

"是吗，那咱们何不捉弄一下他呢？"另一片回答。

"怎么捉弄呢？"

"这好办，你看我的！"说着，那片树叶来了一个漂亮的起身，随着一股气流，翩翩地来到环卫工人跟前。

环卫工人发现了这片树叶，弯身用夹子去夹。可是，树叶故意紧紧地贴着地面，那只有些笨拙的手怎么也夹不起来它。远处的树叶惊奇地看着这一幕，非常羡慕那片聪明的树叶。

忽然，那片树叶又飘起来了，一会儿左，一会儿右，又突然加速，飞到原来的位置，向它的伙伴炫耀着，随后轻轻落下，逗得那位老环卫工人折过来走过去的。小伙伴都对搞恶作剧的树叶有些"肃然起敬"了。

"哎哟！是谁摔我?!"只听那片搞恶作剧的树叶一声呻吟，好像被一只大手抓起来摔在了地上。

"是我在教训你！你怎么可以这么调皮呢？怎么忍心欺负一个老人、不尊重他的劳动呢？"是风。

"可是，是他要捉我呀！"树叶有些委屈地说。

"那是因为你影响了市容，你在不合适的时间出现在了不合适的地方，就应该清理你！"风生气地反驳。

"可我是从树上落下来的，我曾经给城市增添过绿色，给树输送过养料！"

"功劳属于过去，谁也没有资格拿历史的辉煌来掩饰今天的过错！"

"可，可……我们该怎么办？"

"乖乖听话，这位环卫工人会带你们去该去的地方，你们还可以变成有机肥，对人类作出新贡献！"

两片树叶听了，静静地想了想，就顺从地让环卫工人夹住，放进了土簸箕里。

花开的声音

北　风

　　大家都非常喜欢春风，因为它性格和顺，充满温情，而且它到过哪里，哪里就会生机一片。

　　人们最不喜欢冬天的北风，它一来，人们就躲着它，不让它进家门。

　　可是，北风不知道这些啊，只要冬天一来，它就一个劲儿地吹。它很奇怪，为什么它一来，树叶就落了，动物们就冬眠了，大地上变得空荡荡的了。

　　它可是听说这里非常热闹繁华的啊：春天，百花盛开，万物复苏；夏天，树木葱茏，满山是绿；秋天，瓜果遍地，稻谷飘香；还有鸟儿在天空中飞，鱼儿在水里游，动物们在陆地上快乐地跑……为什么它没有看到呢，这是为什么呢？

　　北风决定要问一问。于是，它紧追慢赶，撵上了一排匆匆南飞的大雁。

　　"请问，你们这是去哪里呀?!"北风小心地问。

　　"还用问，当然要去南方了!"领头的大雁回答。

　　"可你们为什么要走呢?"

　　"你都来了，我们还不走?"大雁对北风爱答不理的，显得很冷漠。

"为什么我一来，你们就走，是不喜欢我吗?"北风更纳闷了。

　　"因为你一来，就带来了寒冷，当然不喜欢你了。"大雁有点不耐烦了。

　　"可是，我并没有做错事啊……"北风嗫嚅着嘴唇，很委屈的样子。

　　"你是没做错什么，可事实是，你一来冬天就跟着来，天气就变寒冷了。"领头的大雁不再理北风，带领大家飞走了，一会儿就把北风抛在了身后。

　　怎么才能让大家喜欢自己呢?北风一边在大地上跑着，一边努力地思考着。对，我应该为大家做点儿好事、实事，大家就喜欢我了。做什么好事呢?想着想着，就来到了一条小河上。它看到小鱼在水里懒洋洋的，不爱动弹，就跑过去，关切地问:"请问，你怎么了?怎么没精打采的?"

　　小鱼好像没听见，也不搭理它。北风有点不耐烦了，焦躁地在河道里乱蹿。不一会儿，河面结冰了。北风目睹了河水的变化，忽然明白了，确实是自己不好，竟然把河道都给封住了，小鱼可怎么活啊?是我害了小鱼啊!它一下子变得垂头丧气了。

　　"不会的，北风兄弟!它在我的怀抱里是冻不坏、闷不坏的!"小河说。

　　"是吗，小河大哥，你说的是真的吗?"北风很高兴。

　　"当然是真的了!"小河肯定地说。

　　"那就好，我以为是我害死它们了呢!"北风接着问，"那我能再问您个问题吗，为什么人们都躲着我啊?"

　　"呵呵，因为你来得不是时候啊!你在冬天来，把冷空气都

带来了。"

"那就是说，是我害大家受冷了，所以人们都不喜欢我！"北风有些沮丧地低下了头。

"当然不应该这么说，你在冬天来，是季节安排的，不是你的错，该冷的时候总是要冷的！"

"可毕竟我对大家一点点好处也没有啊！人们都讨厌我！"北风还是很伤心。

"也不能这么说，你一来就会消灭许多雾霾，还会杀死许多病菌、病毒呢！"

"是吗？这么说，我还是有点儿用的了？"北风一听小河的话，高兴了。

"你还会变魔术呢，冬天如果没有你变的魔术，会失去很多乐趣的。"

"我会变什么魔术，我怎么不知道？"北风好奇地问。

"我不告诉你，不久你就会知道的。"说完，小河河面就结了厚厚的冰，不说话了。

北风虽然不知道自己会变什么魔术，但听了小河的话，已经不再伤心，开心地继续南下了。

没走多远，它忽然感觉自己周边有些暖和。接着，好像潮乎乎的，最后，自己的身体里竟然夹着许多白色的小晶体，晶莹透亮的。接着，这些小晶体越来越沉，逐渐向大地落去。

"哇，下雪了，雪花真漂亮啊！明天就可以堆雪人了！"一个小姑娘，仰着红苹果似的脸，望着天空，伸出双手接着那些飘飘洒洒的、被人们称为雪花的东西。

"还可以打雪仗！"旁边的小男孩也兴奋地说。

哇，这就是小河说的魔术吧？原来，人们还是喜欢我的，是我带来了雪花啊！它越想越高兴，在空中手舞足蹈起来，雪花就越下越多了。

　　不久，大地披上了一层厚厚的棉被，变成了白茫茫的一片。一位伟大的诗人还写了"北国风光，千里冰封，万里雪飘……"的诗句呢。

钓星星

小妞妞家附近有个大池塘。

每天早上吃完饭，小妞妞就会来到池塘边玩耍，看水中若隐若现的小鱼快活地游来游去，看满池的荷花在微风中摇曳，看阵阵秋风掠过湖面，荡起层层涟漪。此时已是秋天，但荷花还没全部凋谢，真是美妙啊。小妞妞很喜欢这个池塘。

这天早上，小妞妞和她的爸爸妈妈一起出去玩儿了，直到傍晚才回家。

晚上的天气真好。凉爽的风不断地吹拂着大地，令人神清气爽。月儿明亮得很，像一轮大玉盘挂在深邃的夜空中。月亮的旁边，有几颗明亮的小星星，冲着正在屋子里吃晚饭的小妞妞一家人，调皮地眨着眼睛。真是个美好的夜晚，一切都那么安详、宁静，小虫子们好像都睡着了。小妞妞三下五除二地吃完了饭，把筷子一放，便跑了出去。小妞妞听到自己的筷子掉到了地上，却不想回去捡起来，就一溜小跑地去了池塘边。

池塘里的水很清澈，像一面镜子。小妞妞趴在池塘边，在水中看到了一个胖嘟嘟的小女孩，还看到了一片幽深的夜空，看到了一轮金色的圆月，还有一些零碎的小星星在眨着眼。

小妞妞不知道这是倒影，她以为，在这片池塘里，有一个和自己一样的小女孩呢。今天晚上在池塘里第一次看到了星星，感到很吃惊，她以为星星只有天上有，没想到池塘里竟然也有。小妞妞喜欢星星，一闪一闪的，像一颗颗小钻石。

小妞妞高兴极了，她马上跑回家，扛了一杆钓鱼竿又跑了出来。小妞妞看过爸爸钓鱼，在鱼钩上挂上一些鱼饵，把钓线垂到水中，不一会儿就拉上一条小鱼来。小妞妞想，我为什么不用爸爸的这种方式，从池塘里弄上来一颗星星呢？用绳子穿上，挂在脖子上，就像戴了一串闪亮的宝石项链，那样一定很漂亮。说不定等到第二天，她戴着钓上来的小星星到了幼儿园时，小朋友们都会争先恐后地问她怎么弄到这颗星星的呢。没准儿老师也会夸她戴上星星项链后，真成了小公主呢。小妞妞想象着那幅画面，"扑哧"一声笑了。

小妞妞学着爸爸的样子，挂上钓饵，垂下钓竿，鱼钩就乖乖下到水里了。小妞妞记得爸爸说过，钓鱼要有耐心，等感觉小鱼儿咬钩时，要迅速把钩拉出水面。钓鱼和钓星星一定是一个样子的了。于是她坐在池塘边，静静地等待着星星咬钩。

夜很静，小妞妞也很有耐心。她一声不吭地盯着池塘，紧握着手中的钓竿，像一个洋娃娃，一动不动，静静地等候着。她一定要钓到一颗星星。

半个小时过去了，一个小时过去了。小妞妞撑不住阵阵袭来的困意，竟然在草地上睡着了，还发出轻微的鼾声。池塘里的小星星笑了，围着圆月亮跳起了欢快的舞蹈，好像在庆祝，也好像在嘲笑小妞妞呢！可惜小妞妞不知道，她手里仍然紧紧地握着钓鱼竿，在那里做梦呢！

爸爸妈妈见小妞妞还不回来，着急地四处寻找起来。他们在

池塘边发现了熟睡着的小妞妞，松了一口气，可他们怎么也猜不到，小妞妞是在钓星星！爸爸抱起了小妞妞，妈妈轻轻地从那两只小胖手中抽出钓鱼竿，一起回家了。

夜里，小妞妞躺在床上，梦见自己钓了一大串小星星，挂在胸前，闪闪发亮呢！

寻找幸福的小猫

　　咪咪今年五岁了。她从出生的那天起，就一直在主人的家里生活，还没跨出过主人家院子的那扇大铁门呢。

　　不过，咪咪知道，穿过那扇大铁门，就能到达外面的世界，获得自由。可惜那扇大铁门一直紧锁着，从未为咪咪打开过。每次主人出去，都会顺手把大铁门锁上，把咪咪独自锁在家里。咪咪很向往自由，她渴望走出这扇大铁门。

　　这天，小猫咪咪在院子里无聊地玩弄着那个从她出生那天就有了的粉红色小球。忽然，她听见主人的屋子里传来了一个陌生的声音，那个声音说："每个人都渴望幸福。拥有了幸福，就等于拥有了世间最美好的东西！"

　　咪咪被吓了一大跳，幸福，幸福是什么？它这么宝贵吗？咪咪走向主人的屋子，透过门缝向里面看去，想弄清楚谁在说话。原来，是主人在看电视，刚才那句话就是从电视中传来的。

　　小咪咪很激动，变得不安分了。就因为今天突然听到一个新名词，咪咪决定弄清楚幸福是什么，并且要得到它。

　　这时，突然从墙角钻出一只老鼠，它飞快地跑向院子里一个小米堆，叼起一支米穗，又急溜溜地向墙角钻去。咪咪眼疾手快，在老鼠跑回去的前一秒钟，按住了它的脖子。老鼠惊慌失

花开的声音

措，它没想到会突然冒出一只猫来，吓得爪子都麻了，蜷缩着的身子瑟瑟发抖。

"别吃我，"老鼠战战兢兢地说，"我是饿坏了才来偷东西吃的！"

"我不伤害你，只要你告诉我幸福是什么，在哪儿就行了。"咪咪说，她想，老鼠说不定会知道的。

"幸福？幸福就是能大大方方地吃东西，而且能吃饱。"老鼠想了想说。

原来幸福就这么简单啊！咪咪爪子一松，老鼠哧溜一下逃走了。中午，她的饭碗里被主人添满了食物。她就在院子中央最显眼的地方，大口大口地吃起来，几下就把自己的饭吃了个精光，一会儿工夫就填得肚子圆圆鼓鼓的了。

可是，我每天都能这样啊！这怎么会是幸福呢？肯定不是。吃完饭，小咪咪趴在门廊的过道里，不停地在想。看来，这老鼠是信不过的，我还得找别人再问问。

忽然，天空中飞过一只鸟儿，似乎是从很远的地方飞来的，看上去很疲倦的样子。小鸟停在了院子里那棵枝繁叶茂的大树上，站在枝头休息，轻轻地梳理着自己的羽毛。

小猫咪咪赶紧冲到树下，翘首望着树上的鸟儿："请问，"又怕鸟儿听不到，就加大了些音量，"请问，尊敬的见多识广的朋友，您能告诉我幸福是什么吗？我该如何得到它呢？"小猫咪咪认为鸟儿肯定知道，因为他会飞，到过那么多地方。

鸟儿看了一眼坐在地上的咪咪，答道："幸福就是自由地生活，没有任何东西能拘束住你。"

这似乎是真的。咪咪一直都想要自由，她早就想离开这个院子去看看外面的世界了。于是，她认定鸟儿的话是真的。可是，她怎样才能获得自由呢？

她想问鸟儿，但还没来得及开口，鸟儿就"扑棱"一下飞走了。咪咪失望极了。

几天后的一个下午，主人又出门去了，但他这次出去，竟忘了锁门。咪咪被这突如其来的大喜事惊呆了，许久才反应过来，她一头钻出了这道束缚了她好久好久的门，永远地离开了主人家，到外面的世界，去寻找自己的幸福了。

就这样，咪咪得到了幸福。她再也没有回到人类的家园。

其实，咪咪在寻找幸福的过程中，就已经得到了极大的幸福。不是吗，寻找幸福的人，永远是最幸福的？

钢笔和墨水瓶的对话

夜，静得出奇。

此刻已经很晚很晚了，屋里的人全都睡熟了。明亮的月光照在书桌上，照在那些辛苦了一天的文具们身上。

文具和人一样，也需要休息。现在，它们全都躺在书包里睡着了。但是，有一支钢笔，一支价格昂贵、十分漂亮的钢笔还醒着，它睡不着，很想找个人和它聊天。

"喂，醒醒！"钢笔十分无礼地大声叫醒了身旁的一个墨水瓶。

"干什么？人家正在做美梦呢，被你一嗓子给吵醒了。换作是你，你好受吗？"墨水瓶眼都睁不开，嘟哝着抱怨道。它实在太困了，只抱怨几句好像不解气啊，所以就忍不住又说了一句："你真是吃饱了撑的，没事儿干了！"

谁知，钢笔不但不道歉，反而继续傲慢地说："我管你好受不好受！反正现在你也醒了，就要陪我说话。你说，咱俩谁的作用大？"

"当然是我了，我每天都供你吃喝，要是没有我，你恐怕早就不能工作，被主人丢到垃圾桶里去了！"墨水瓶不假思索地说。

"才不是呢！我的作用最大，是我替小主人写作业、练字，帮小主人获得知识，成为栋梁之材。没有你，我照样工作！不然，小主人花那么多钱买我干什么？你才几个钱？还敢和我比！"

"你胡说，东西的作用大小不是用花钱多少来衡量的。如果没有我，你也不过是一件废物而已，根本写不出字来！"墨水瓶发火了。

就这样，它俩谁也不让谁，你一言我一语地吵了起来，而且声音越来越大。睡得正香的文具盒被吵醒了。文具盒皱了皱眉头，忍不住厉声道："你们吵什么吵？三更半夜的，把大家都吵醒了，你们烦不烦啊？！"

"请你评论一下，我们俩到底谁的作用大？"钢笔和墨水瓶一点儿也不为自己的行为害羞，异口同声地问文具盒。

"什么谁的作用大，谁的作用小？在小主人看来，我们都是一样的，缺了谁都不行。"

"啊？"钢笔不相信，"明明是我的功劳最大嘛！"

"你胡说，就算是你为主人写了字，没有墨水了，你根本写不出字，我的作用才大呢！"

"你们别吵了！"文具盒更生气了，它毫不客气地说，"钢笔能写字，但离了墨水不行；光有墨水，没有钢笔也不行。大家只有密切合作，才能发挥真正的作用！钢笔要是再骄傲争功，明天我就不让你进我这文具盒，看你怎样给主人写字！"

听了文具盒的话，它们不再争了，静下来想一想，都觉得文具盒说得挺有道理。于是，它们小声地互相道歉，就安静了下来，书桌上又恢复了平静。

位　子

　　自从班主任下了开家长会的预备通知后，李敏的心里就压上了一块石头。开班会时，家长都要坐在孩子自己的位子上。据说是这个班的特色，可以给孩子双重压力，这样孩子就会获得更多的动力。

　　要知道，论学习，她应该享受班里最好的位子。但文文弱弱的她，居然和那些无心学习的大个子男生一起，被放到了教室最后面，而且在最边上，好像被打入冷宫一样。为此，上次家长会之后，妈妈卖了一只羊，咬牙给班主任老师送了份大礼，才又把她调到了中间位置。

　　父亲身体不好，干不了重体力活，只能常年在外给人看门。母亲自己在家种着几亩薄地，抽空割点儿草喂几只羊，微薄的收入除了赡养爷爷、奶奶之外，还要支付爸爸的药费，几乎是入不敷出。穷人的孩子早当家，懂事的李敏从小就不和人比吃穿，总是安安静静地学习，成绩一直在班里的前几名。

　　在农村老家上学的时候，大家的情况都差不多，班主任调位子，要么根据学习，要么根据身高。调来调去，大家的机会都是均等的，谁也没有感觉到高低贵贱。可是，自从进了城，又上了重点班，情况就大不一样了。

其实，从小养成的自立自强的个性，让她坐在哪儿都不会输给任何一个人，老师上课又不是专门给好位置上的同学讲。但妈妈不会这么想，只要一来开会，看到她的位子就会伤心。倔强的妈妈，肯定会重走"前辙"，无疑是让家里雪上加霜了。怎么办呢？李敏已经无心学习了，心里一阵迷茫，一阵心痛，在煎熬中度日。

给妈妈请假，就说家里有事脱不开身？要不就不告诉妈妈，到时候就说自己忘了？可仔细一想，这根本行不通，因为如果哪个家长没来开会，班主任就会打电话逐个落实，并且大训一通。还有一个方案，就是请人代替妈妈来开会，这也行不通，因为这好像是春晚小品里的情节……

家长会是周六召开的，学生可以在家，但李敏的心却一直在学校里，静不下心来看书。她一会儿抬头看看墙上的表，一会儿向门外望望，既盼着妈妈早点回家，又害怕妈妈回来。

"你这个死妮子，我打死你，你学会糊弄你娘了！"完了，未见其人，先闻其声，她知道事情败露了，肯定是被哪个家伙出卖了。她倒不是怕妈妈打，而是觉得对不住妈妈，怕妈妈气坏了身子。她急忙站起身，迎出门外。

"妈，你回来了！"

"别叫我妈，我让你设套，你是想丢你娘的脸啊！"说着，随手抄起过道里的笤帚疙瘩，高高扬起来，朝李敏的屁股狠狠地打了下去。

李敏没有躲，眼里噙着泪，心情复杂地看着妈妈。妈妈呼呼地喘着粗气，喷在李敏的脸上，热辣辣的，也烧红了自己的整个脸颊。如果挨一顿打，妈妈心里会好受些，她愿意老老实实地

花开的声音

受着。

笤帚疙瘩没有落在李敏身上，而是抽在了妈妈自己身上。李敏哇的一声哭了："妈，你这是干什么？我不是故意让您生气的，不是存心捉弄您的，您生气就打我吧！"

"孩子，妈不是生你的气，是心疼你，是觉得我没本事，对不住你。"妈妈的眼泪也下来了，一边不住地擦，一边拉过李敏，紧紧地搂着。

"您别这样说，我坐在哪儿都能学好，你放心吧，妈！不就是个位子吗？我不在乎！"李敏满肚子委屈，抽噎着，几乎表达不出完整的意思。她心里明白，这个位子就是地位的折射，是社会的缩影。老师看人排位的方式，不但伤了她的自尊心，还伤了母亲的尊严。

"你这样想，妈妈很高兴！"松开李敏，妈妈久久注视着她的眼睛，然后说，"咱要挺起腰杆做人，自己给自己争气，不要被人瞧不起。"

"一定会的，妈妈，你放心！"李敏重重地点了一下头，像电影中的革命者那样。

妈妈微微一笑，朗声说："走，进屋咱娘儿俩包包子吃，吃完好好学习。妈妈也想开了，只要你不觉得坐在后面丢人，不觉得家里亏欠你就好！"雨过天晴，娘儿俩说说笑笑地包饺子了。

可是，李敏绝不会想到，妈妈心里还有个秘密，一直没有跟李敏说。原来，开班会那天，妈妈刚喜滋滋地坐在贴有女儿名字的位子上，就被一个打扮得光鲜亮丽的女人"请"开了，说那是她儿子的位子。妈妈从班主任那里知道，女儿的好位子，竟然是女儿用代写一学期作业的代价换来的……

心　里

题记：水对鱼说，我能感觉到你的眼泪，因为你在我心里。

那天，爷爷没有责骂我，他好像读懂了我的内心。

我是地地道道的农村娃，而且世代都生活在落后的山区。我从小就在爸妈的呵护下成长，可以说是在蜜罐中泡大的，对耕种的艰辛并没有一点切身的体验。

那年，我刚上初二，还有一年就中考了，爸爸妈妈却同时外出打工了，说是今后家里需要钱的地方越来越多了，光守着几亩地，靠干点儿零工养家是不行了。家里收入多少，到底有哪些开支项目，怎么个不够花法，好像不是我一个小孩子家考虑的事。我只知道，爸妈走的那些日子，我就像经历了人生中的第二次断奶，总是时不时地想些明知可以不想的事，仿佛自己是被上帝抛弃的苦难者，甚至连上课都恍恍惚惚的，没有一点儿学习的劲头了。

记得那个周末放学后，看到寄宿学校的同学们被家长接走了，失落感从心底一点点升腾、发酵，像被猫爪一下一下地挠着，鼻子一酸，眼泪就在眼眶里打转。爸爸妈妈不在家，谁会来接我呢？就算是回到家，该向谁使个性、撒娇呢？谁给我做好吃的呢？我一个人低着头走出逐渐空寂的校园，心里乱糟糟的，忽然萌生了去镇上网吧放纵一回的冲动，脚也就不由自主地走向了那里。

那个网吧里，早有几个我熟悉的面孔——学校里几个不学习的孩子，他们已经全身心地投入网络游戏中了。我忐忑地打听了一下价格，靠着我还能叫得上名字的同学坐下，在他的指导下，也玩起了游戏。好像着了魔法，一旦陷入游戏，便忘记了学习和生活的烦恼，有种欲罢不能的感觉。我玩，玩，任性地玩，玩得忘记了回家，忘记了饥饿，直到把兜里所剩无几的零花钱都花光了，才昏头昏脑地走出了网吧。

放眼望去，镇上已是万家灯火。在黑色的夜幕下，置身于那斑驳陆离的光明地带中，仿佛孤身一人漂泊异域，加上已是饥肠辘辘，孤独、无助、迷茫，像高浓度的雾霾，把我裹得严严实实的。

通往我家的路上已没有行人，偶尔有辆车或摩托车飞驰而过，总让我想起心惊肉跳的画面。我感觉到每个毛孔都在舒张，汗毛一根根竖了起来，浑身的热量好像瞬间蒸发，脊背处一阵阵发凉。我急急地往村子里赶。

忽然，我发现前面有亮点一闪一灭的，我的心里一紧。接着，从那团黑影里传来了一阵咳嗽声。我好像遇到了大救星——爷爷，这咳嗽的声音太熟悉了。

"是波吗？你可回来了！"爷爷听到我的声音，强忍住咳嗽，颤声问道。一向严厉的爷爷没有对我发火，就这一句话，胜似千言万语，让我一下子懂得了许多。

爷爷反复埋怨自己，只顾干活，看到同村的同学都回家了，才想起接我的事。原来，爷爷步行到学校，到处打听不着，就蹲在那里等我。我知道，如果接不到我，爷爷会一直等在那里的，老实本分的他别无他法。

从此，爷爷风雨无阻地接送我上学，奶奶照顾我的饮食起居，还要早起晚眠，干着繁重的农活。爷爷七十多岁了，还有哮喘病，我明显地感受到，烦琐的事务把他的背压得更弯了。

我清晰地记得，那天我好像突然间长大了。爷爷奶奶对我的爱和期望一直存在着，只不过平时被爸妈的爱遮挡住，被我忽略了。直到那天，就那么突兀地在我心里亮了起来。他常跟我说，爸妈外出打工，是为了把光景过好；你好好上学，有个好前程，大家才有盼头，辛苦才没有白费。

我的爷爷，把爸爸拉扯到成家立业后，竟然又挑起了照顾我的担子。人们把他们称为留守老人，就是留在老家守着祖辈耕种的土地，守着这个家，能让漂泊的人守住对生活美好的期望的人。

留守的爷爷辈的人，是农村最可亲、可敬的守望者。

花开的声音

278